U0004639

荓月流轉

李 秀
Louise Lee Hsiu

———

著／繪

晨星出版

目次

CONTENT

井月
流轉

【推薦序】井月流轉，澎湖三重奏！
　　　　──李秀《井月流轉》序。／鄭邦鎮 …… 006
【自　序】藝術是祈禱／李秀 …… 012

Chapter・1

世間有太多不完美所以需要愛，沒有蝴蝶還有春風

01　海洋島嶼之女，薩那賽是她永遠的母土 …… 020
02　愛爾蘭人和台灣人的婚姻故事 …… 025
03　沒有蝴蝶，還有春風 …… 031
04　在無垠的空間來去自如 …… 037

Chapter・2

同住在這個星球，大家都是一家人

01　我一直信任你的能力 …… 044
02　台灣愛，飛揚在非洲土地 …… 049
03　同住在這個星球，大家都是一家人 …… 053

Chapter · 3

地球會迷航，意志力絕不迷航

01 歸不了故鄉，也活出另番精彩風光 ⋯⋯ 060

02 台灣，世界的答案 ⋯⋯ 067

03 地球會迷航，意志力絕不迷航 ⋯⋯ 073

04 三位台灣女子在溫哥華的人生回顧 ⋯⋯ 077

Chapter · 4

總裁獅子心，黃金時光的趕路者

01 查拉圖斯特拉如是說 ⋯⋯ 084

02 黃金時光的趕路者 ⋯⋯ 089

03 流轉的歲月，無知的年代 ⋯⋯ 094

Chapter · 5

心靈控制下的親情變奏

01 除夕夜的李氏兄弟 ⋯⋯ 102

02 心靈控制下的親情變奏 ⋯⋯ 108

03 如何區分正常人、精神病和精神變態 ⋯⋯ 113

04 每個人都不是局外人 ⋯⋯ 118

Chapter · 6

看不見的海濤之一，
八田與一

01 凡存在皆合理 ⋯⋯ 124

02 海鼠血水的春夢 ⋯⋯ 128

03 八田與一，輝映水中的日本美學 ⋯⋯ 132

04 不同海域在同一交點，會呈現如何的波湧？ ⋯⋯ 137

Chapter · 7

看不見的海濤之二，
琉球漁民碑

01 「墨菲定律」魔咒發揮到極致 ⋯⋯ 140

02 台灣澎湖和日本琉球有多遠？ ⋯⋯ 145

03 在基隆海岸，數著千疊敷 ⋯⋯ 149

Chapter · 8

看不見的海濤之三，
台灣人日本兵

01 台灣人日本兵，您的魂魄在哪裡 ⋯⋯ 156

02 戰事所延伸的詩歌，句句是鄉愁 ⋯⋯ 161

03 真相需要謊言來保護 ⋯⋯ 166

Chapter · 9

台澎和日本琉球海域的愛恨情仇

01 喜悅不過是假象，苦才是真實 ⋯⋯ 172

02 琉球八重山的台灣人 ⋯⋯ 179

03 日本音樂家矢野实的台灣夢 ⋯⋯ 185

Chapter · 10

最初出發之地，正是回歸終極之所

01 澎湖島嶼，歷史印記 ⋯⋯ 192

02 異鄉人和遊子歸鄉 ⋯⋯ 198

03 無法紀年的波濤 ⋯⋯ 205

04 最初出發之地，正是回歸終極之所 ⋯⋯ 211

【讀後有感】母親用另種方式烹調佳餚／蘇倩瑩 ⋯⋯ 216

【讀後有感】幫助別人實現夢想，

　　　　　　比自己實現夢想更有意義／蘇恩聖 ⋯⋯ 220

【附　　錄】提著文學和音樂到歐洲旅行／李秀 ⋯⋯ 223

【附　　錄】她的詩／她的畫（李秀畫冊）／李秀 ⋯⋯ 253

{推薦序}

井月流轉，澎湖三重奏！
——李秀《井月流轉》序

國立台灣文學館　前館長

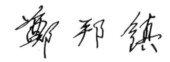

鄭邦鎮

01

　　2022 年 0912 黃昏，我竟染疫確診，狀況緊急，被用救護車送醫，住院隔離治療。台灣疫情嚴峻已經三年了，我沒有驚慌，只是帶著認命，沈著平淡面對。

　　不料在隔離病房中，0915 卻由手機傳來兩個天外飛來的訊息。先是台灣文學的國際推手，西拉雅文學女作家凃妙沂，說經三年的努力，剛剛完成 12 萬字長篇小說《西拉雅之月》，第一個告訴我。這消息的確令人快慰！

　　沒想到下一分鐘又接到一通「李秀」的來電，我不敢置信。我並

不知道我存有她的話碼。果然是 26 年前，1996 因《井月澎湖》而結下空緣的李秀。她又完成了第二部長篇小說《井月流轉》，出版在即，仍想邀我作序。

02

井月，多麼美妙的意象。

我幼時在戰後流離顛沛的歲月中，曾經只能勉強擠睡在迫近瓦片屋頂的夾層上。好在某些季節，某些半夜醒來的時候，正好可以從屋瓦中一片採光的玻璃，仰望月亮，或從那片「瓦月」瀉入的月光，片刻流連。

近年我的視力已減弱，又在病房，只憑一支手機，讀全稿實在已很困難，何況寫序。不過，佛說，前世 500 次的回眸，才換得今生一次的擦肩而過。我要跟李秀擦肩四次嗎？這是何等的機緣啊！

03

1996 年 8 月，跟我有緣誼的台中晨星出版社邀我為李秀的《井月澎湖》作序，我雖無法應命，卻深刻記得這件事。

那時我剛卸下連續六年奮力推動台灣學與台灣文學的靜宜大學中文系主任的肩荷，而接手作家李喬交棒的《台灣文藝》總編輯，並

且先已受邀七月初到八月中赴美巡迴演講的行程,也約定返台立即參與協辦八月中的塩份地帶文學營,接著投入首度台灣總統直選的學術界動員,及建國黨籌組氛圍的胎動等等。手邊工作,真可謂「全年無休」,何況人在天涯,所以未敢應承,只能在心中「結繩紀事」。

2001 年 1209,葉石濤文學國際研討會在高雄舉行,我在會場巧遇掛著「李秀」名牌的女士,迎面而來。我立刻趨前致意相認,並為舊事致歉。根據我的日記,那是「相當台灣文學」的一天。日記裡,在李秀的名字之後,我加註「英格麗褒曼+蘇姍海華」(她有西洋人的血統嗎?)那是我對李秀初見面的印象。2002 年,李秀以作家身分移民加拿大,我並不知道。

2013 年 0426,我以台南市教育局長的職分,到台南市安南區訪視安慶國小的校本教材《飛虎將軍》劇本。因當晚巧逢劇本由古都木偶劇團盛大露天演出的最後一場,所以我臨時取消後面的行程,在小雨中披上雨衣,留下觀賞,以為編劇劉惠蓉老師及全校師生家長助陣打氣。因散場前臨時應邀上台致詞,才使得同樣穿著雨衣在觀眾席裡的李秀,趨前相認,而有了意外的雨中交談。原來她只從加拿大短期回台,卻不忘參加一些台灣民俗技藝活動,真是有緣千里亦相逢!

如今 2022 年 9 月,我在完全沒有自由的隔離病房內接到李秀的電話,說她又傾六年之力,完成相接續的第二部長篇《井月流轉》,並因疫情之故,停留在台灣處理出版事宜,很快就會回到澎湖舉辦歸鄉創作展暨新書發表,再回到加拿大。我,真的要讓這個機緣成為第四

次擦肩而過嗎？

04

記得我也曾費心注目過澎湖，但不是對一個島或群島，也不是文學；而是台灣的戰略安全關鍵。

1997 年，我曾代表剛成立的建國黨（Taiwan Independence Party）參選台中市長。當時我打著「台灣建國，台中建都」的總政見，描繪著從中央山脈，埔里，而一路向西，直到台中港的縱深，加上大肚山脈和八卦山脈的護衛，而構成台灣島國的建都條件；再加上鄰近的海域，以澎湖為頂點，南連台南，北指新竹，所形成的三角形地帶，因海底較淺，不易受到中國潛艇的威脅，軍事上的地理形勢，也是最有利於建立台灣島國首都的條件。當然這是國防與政治，而不是文學。

清代進士，澎湖人蔡廷蘭（1801～1859），曾經赴福建應考。在從金門經海路返回澎湖途中，被颱風吹走而漂流到越南。由於當時一些國際政治商業的考量，他選擇在中南半島上，由南而北，費時四個月，走路回到福建，再返回澎湖，最後講學於台南孔廟旁的引心書院。後來他把那趟奇幻旅程寫成《海南雜著》，不但在當時成為暢銷書，且在 1877 年首先出現俄文譯本，接著法譯、日譯相繼問世，不但成為 150 年前台灣的跨國文學，更是罕見跳脫科舉考試出版品的

世界驚奇。這是一個因外在形勢而發展出來的古代澎湖人境外奇遇，與李秀的《井月澎湖》和《井月流轉》的主動創作心路歷程，大大不同。

05

澎湖有古井，李秀藉著人物祥嫂，總是當月亮還高掛在天空的清晨，習慣到古井洗衫，她望著井中月亮，有著一井水一世人的感嘆。《井月澎湖》講的雖是澎湖人移居高雄的艱辛奮鬥，就如周梅春筆下塩份地帶的遷徙人家，但畢竟都仍在台灣，較無離鄉背井之愁苦。《井月流轉》則因為都移居到另外一個國度，而稍有漂流之感。然而就像第二章的「同住在這個星球，大家都是一家人」，這樣說來又沒什麼離鄉背井了。

本書中每個人物，皆是作者幾乎流轉整個地球之後所產生的主角。你可以成佛，但不能成悉達多。所以書中每個主人都是獨一無二的。

這本書封面封底以及書中插畫，皆是作者李秀的畫作，讓文學和繪畫相互輝映之外，隱約中封面有澎湖地圖，封底有加拿大地圖，讀者應能感應到《井月流轉》透露出澎湖和加國的脈脈關連。李秀還畫了一幅戴著加國和台灣胸花的自畫像「流轉的老女人」，象徵自己已做了世界公民。她說藝術是她的祈禱，表示她永遠為生命，為萬物，

為世界和平祈禱。

這讓我想起世間最大的鳥類信天翁。信天翁展翅寬可三公尺，平常不飛，總被取笑為「笨鳥」。只有暴風雨來到，所有鳥類都嚇得躲起來時，信天翁才從懸崖峭壁上俯衝而下，快意翱翔。牠可以連續乘風六天不振翅；兩個月繞地球一圈。現代詩先驅法國詩人波特萊爾就寫過一首〈信天翁〉，特別歌頌牠跟平常鳥類的差別。我覺得李秀的「流轉」，就像信天翁，是自主的，主動的，不是為了柴米油鹽，不是被颱風吹走，不是嚇得不敢動，更不是嚇得飛奔逃竄。她，是乘風展翅，快意飛翔的信天翁！

06

李秀寫澎湖，是出於孺慕之情；她透過構樹的擴散，呼籲人類的互信和包容，則是南無大慈大悲的人間情懷。讀者很容易感受到書中人物從澎湖流轉到台灣，從台灣返回澎湖，又從台灣流轉到外國，從外國流轉全世界。其間人物情節不僅前後銜接，也還在繼續伸展到無盡的未來。

對藝術家和作家來說，他們的最滿意的作品，永遠是下一件。所以，李秀說這是她的最後一部長篇小說，我不相信。

——寫於 2022 年 10 月 11 日

{自 序}

藝術是祈禱

　　心裡的傷，身體會記住，人因病而完整。愛因斯坦有個論點，聰明人解決問題，天才預防問題。我不再浪費時間，跳入貪嗔痴沒完沒了的漩渦，因為來日不多，我必須保重自己，不加諸任何負擔給身體。只是不知不覺捲入寫長篇的情節，創作幾十年，這時提筆難免眼高手低，但智慧有限，始終無法達到滿意程度，再度陷入困頓之中。遠方戰事正如火如荼蔓延，病毒不斷捲土重來再封城，人世間還有更悲慘事緊抓著人不放，那麼個人的小困頓又算什麼。我在這部小說的變奏親情就說：如果真想傷父母的心，又沒那個膽道出厭惡父母過度的愛，至少還有個辦法，藝術是祈禱，那就投奔藝術。雖然藝術不能養活自己，卻是一種人道方式，讓生命變得比較能忍受。也許彈奏一首曲、寫一首詩、繪一幅圖或跳一段舞蹈，即便爛詩爛畫，過程卻是專注。專注創造了某種東西，也迴避了某種東西。

　　世界文學名著，不管是東方的《紅樓夢》或是西方的《卡拉馬助夫兄弟們》都和家族有關，家族是創作者的核心。不論文字或繪畫，孺慕親情一直是我的主題，《井月澎湖》就是一部家族史。曾有讀者

問《井月》有否離鄉背井意涵？澎湖有很多古井，我藉人物祥嫂依著月光到古井洗衫，隨著井水漂弄的月影，有著一井水一世人的感嘆，倒是姊妹作《井月流轉》有實質的離鄉背井，因為我從台灣海峽寫到如何流轉至太平洋彼端的故事，也繪一幅《流轉的老女人》象徵願做世界公民。我先前有寓言小說《我的名叫小黃》，那隻小黃鸚鵡掙脫人類舒適的豢養而單飛遠方，向老山羊學習慈悲與愛，觀察海鷗與獵鷹學習飛行技能，象徵心中脫困遠颺的憧憬，早在篇章中隱含了自我的訊息。

一路創作，被創作展對談人把我歸類為不務正業：非中文系卻出17本書，非英文系就有7本英文著作，非台文系但寫台文，非美術系卻開畫展，非主修音樂也處處散播音符。我的策展人說我是得獎專家，但不是他所熟悉的大師。法國文豪大仲馬兒子小仲馬，這樣回答父親寫長篇小說的祕訣：「父親因吃太多消化不良，夜裡無法成眠，只好起身寫小說。」而我，自老公離開後半夜常被大雷雨或地震驚醒，我不要有孤枕難眠煎熬，於是起床從事一條自己所謂不歸路的創作，這時意根要集中才能歸納推敲聯想。不知是美樂家的保養，或是老公的庇佑，我的年齡、體力和眼力允許我如斯的操勞使用。

一項失智學研究，從一群修女身上理出驚人報告，得老人失智機率，其實自二十幾歲開始就有端倪。失智老人其日記所用形容詞較單一，無失智又長壽其用詞豐富且較快樂和具好奇心。形容詞具有動詞才豐富，如寫「長髮白衣女子」這是白描形容，如果換成「黑河流過

靜靜雪地」這就是動態意象。想加些好奇心或培養同理心，在此給您建議預防失智方法之一，多讀小說尤其文學小說。讀到俄國托爾斯泰的《安娜·卡列尼娜》，會化身安娜·卡列尼娜；翻閱法國司湯達的《紅與黑》，為什麼紅與黑代表著軍隊與教會；看到台灣李秀的《井月澎湖》，是否好奇井月和澎湖的關聯，接著姊妹作《井月流轉》，井月將如何流轉？眼科大夫已證實視力差較易失智，因為眼睛不好就不想閱讀。如果再加彈奏鋼琴，一手畫方，一手畫圓，可以靈活腦袋，這項是我個人的體驗。

早在 2012 年多倫多簽書會就答應記者的提問，我不僅要寫台灣史，也要寫我的新國度加國史，以及旅外台澎人在他鄉如何經營自己的家鄉。我偏愛課本沒提到的歷史事件，也期望自己不要製造文化垃圾浪費讀者的精力。澎湖人很喜歡稱自己為三點水，跟海水很有關連，整部書我也不斷用海濤呈現。有一段時日曾到日本琉球作田野調查，或許因緣不成熟，過程不很順利，陸續不斷修改，花了 6 年才在這次回台疫情期間定稿。

不過這段跌跌撞撞過程，成就了我完成書中〈看不見的海濤〉三個章節，也讓我扎實看到一位爹不疼娘不愛的澎湖孩童，長大後到異邦從事三項為陌生人立碑之事，一不小心歷史可能會記上一筆的豐功偉業。章節之一，我應用日本美學的八個字詞，來闡述八田與一將日本精神落實在台灣烏山頭水庫；章節之二，我說明對討厭之事說不出討厭，對喜歡之事總是偷偷摸摸，來敘述主人翁讓琉球久高島一匹雄

駿白馬，奔騰在北台灣基隆海域；章節之三，我見證在琉球的《台灣之碑》，主人翁因何被迫要學日本江戶時代宗義智的偽造國書，歷史種種真相還需要謊言來保護。另一章〈台澎和日本琉球海域的愛恨情仇〉觸及琉球八重山群島的台灣移民以及夢想台灣的日本長笛家，也意味中美日三角關係的曖昧，台灣又是美日周邊的安全網，四國之間形成不單純的漩渦。

我不選擇大眾所熟知的歷史切割面，因為建構事件的多面向背後，其豐潤文化脈絡才是歷史事件鮮活的核心。先前的歷史小說《井月澎湖》寫《馬關條約》之後，被日本殖民以及澎湖人移居高雄的悲歡歲月，以李蓮子全知觀點撰述具有連貫性；而這部《井月流轉》則採感性和理性的思維辯證，同樣是見證歷史的小說，用寫實主義融合歷史事件，以阿子（其實也是李蓮子）作穿插，既跳接也相連，每章都有豐彩的故事。

小說是虛構的真實，歷史是真實的虛構，因為主政者可以為本身利益扭曲歷史，而認真考據科學的好萊塢科幻片卻是未來的真實，虛虛實實盡在不言中。文友稱目前是我創作的頂峰，因為經歷一段悲慘人間試煉層次更上一層了，這樣說來創作者不能太好命，這是多麼殘酷的人間條件！

成功和失敗如何界定，大和小怎樣區分，如果大國沒有民主，小國有民主，哪一個是子民所嚮往的大國？人類災難不外乎天災人禍，而人禍往往是民主和獨裁的拉扯。2022 年俄羅斯入侵烏克蘭，烏克

蘭總統感嘆自己國家的和平,要取決於身邊的人和那些強大的人,他指出強並不意味著大,勇敢為人權自由奮戰才是大。而他在演說中所提的鄰居俄羅斯,正是我小說人物被國民政府列為黑名單的楊醫師所說的惡鄰。日英雙語是楊醫師熟悉的語言,但他用台語侃侃而談他住過的台灣、美國、加國等三國的微妙關係。他說:美國是西方老大,雖然美國霸道但行事自由民主,加拿大和伊作厝邊,互相尊重就相安無事;中國是東方老大,但是伊無自由民主,台灣有這个歹厝邊,就無好食好睏了。

再舉書中幾個例,旅外精英不住在母體台灣,但這澎湃心臟長在母體之外。喻如我的移民貴人大統華創辦人李總,他是如何榮耀台灣人在北美創出超市奇蹟;《台灣,世界的答案》是台裔加拿大人 Charlie 的著作也是台灣文化節精神,為介紹台灣本土藝術到加拿大,總是馬不停蹄回台挖寶,像邀請福爾摩沙淡水走唱團,會特別安排適合陳明章老師身體的季節前往加拿大演出。另外,我舉世間活菩薩嚴總得癌之後,到東台灣獻出自己為土地種下希望,讓世界感受到台灣光環。

本書有主標題和小標題,提示敘述的轉折和時空的調度,供讀者選擇,可以跳著讀,也可以串聯的看,共 10 大章,35 小節,約 10 萬字。以華文撰述,對白有時採台文和《井月澎湖》一樣,也將譯成英文,但不再自己翻譯,那畢竟太辛苦,會交給英文團隊協助英譯。同樣懷有一顆赤誠的心,盼望更多英語人士了解故鄉台澎的政治和歷史。最

後置於附錄的〈提著文學和音樂到歐洲旅行〉是 2014 年《井月澎湖》英文版 "Penghu Moon in the Well" 到德國法蘭克福參加國際書展的驚險之行，供有志參展者參考。

即便葉老說寫作是遭天譴，現今也很少人在看書，出版業更不景氣，我還是綿死綿爛走在這條危顫的鋼索。在這紛擾的世間，只有專注投入某些事才不致亂了方寸無所適從。藝術是祈禱，那就持續投奔藝術吧。因為藝術的初心，非抱眾取暖，也非排斥他人之顏，更非謝絕異者之音，而是一顆不被約束想自由飛奔的靈魂。

這本《井月澎湖》姊妹作《井月流轉》大概是我最後一部長篇小說，如還有機會將拜師學量子力學繪畫，讓藝術轉個方向無畏的翱翔去。有名師神妙指點，我就先完成兩幅三度空間的繪畫，剛好成為本書的封面和封底。早期被印度詩人泰戈爾所激發而繪的一系列《人面詩畫故事》，本書擇取 30 幅和小說情節有關的畫作置於書後，讓讀者欣賞繪畫和文學可以如此的相互輝映。

——寫於台灣高雄

世間有太多不完美
所以需要愛，
沒有蝴蝶還有春風

• • •

加拿大 Canada 源自美洲原住民的 Kanada 意為部落，

和台灣阿美語的 Kanatal 同音同義。

如果有天到另一世界，

她要向反對她和白人結婚的父親說：

「我已認真愛過。」

01

海洋島嶼之女，
薩那賽是她永遠的母土

愛，不同國家有不同唸法，
概念相同可以超越不同文字表達，
一樣迸出愛的結晶體。

◆ ◆ ◆

黃昏的影子掠過落地窗，夜幕在滴答聲悄悄垂落，風雨雷電一陣接一陣，此罕有的北大西洋流雷雨交加，像極了故鄉台灣海域的季候。Tiya 突然敏感的想起院子盛開的花朵，連忙打開玻璃窗，但見一片黑沉什麼也看不清，凝視眼前一片模糊。前些日姊姊 kakak 曾邀請她到渥太華幫忙設計庭園，她滿腦子花園之事。種玫瑰、牡丹、一年生或多年生，各色花種樹木蓬勃飛揚，唯獨太平洋構樹缺乏朝氣，紛紛往地面垂落。植物 DNA 記載歷史，構樹訴說著南島語族的遷徙。

「大概離開原生地。」姊姊隨意說說。

「我的移民是否類似構樹？」Tiya 幽幽釋出鄉愁和臍帶分秒的相連。

「不要想太多，我們都是世界公民。」姊姊拍拍她的肩膀。

構樹的擴散證明南島語族原鄉就是台灣，而拉丁字母形成的阿美族語言，是南島語系的一種，她這個母系社會族群，稱姊姊為kakak，媽媽為ina，爸爸為mama，阿媽為ama。她是家裡老么，通常家裡老么最喜歡撒嬌，族裡每年重要祭祀豐年祭，與先祖神靈團聚時間，是她最開心的時候。大夥隨著音樂在戶外跳舞唱著：「今日大家歡樂過年節，手牽手擠來擠去真熱鬧，會唱歌的人攏來唱歌，愛謹慎不要變做漢人，咱的語言愛疼惜。」句句的訓示，像篩仔篩米糠，源源而出。

舞後就往戶內移動喝酒聊天，Tiya總是或坐或躺，緊纏繞mama屁股坐的地方耍賴，有時mama會拿些她最愛的食物，然後催促她不要那麼黏，但她喜歡聽大人談天說地，訴說祖先源頭薩那賽（Sanasay）遷徙傳說，又可感受mama喝酒划拳的身體律動，以及ina和ama在廚房忙亂的腳步聲。她喜愛聽ama講故事，即便阿媽手持Faho（輪傘莎草）編織中，她總有撒嬌成功的機會，十個太陽是她百聽不厭的故事。

幾千萬年前，地球有十個太陽，烤得人類不能活，部落獵人建議把太陽射下來，於是妻子們就送丈夫去射太陽的偉大事業，可是幾天過去，十個太陽依然升起。女人不想坐以待斃紛紛想辦法，她們都會織布就織了個大網子，成功的將七個壓到大海，剩下的三個不斷求饒，商量的結果是三個太陽不能同時出現，一個太陽化為星辰，另兩

個相互約好,一個白天出現,一個夜晚出現成了月亮。勇士們下山後才知女人的厲害,阿媽每講到此滿臉通紅,充滿母為上的驕傲,這些童年熱鬧記憶常是 Tiya 午夜夢迴的場景。

如此說來,月亮和星辰是地球宇宙的分裂,分裂才有生命和自由,同在就是僵化和死亡。然而各奔前程的分裂和聚集同在的一統,不可避免的二元對立又起,無論如何選擇中間,新的二元對立又開始。阿美族歸為母系社會,家族多以女性為主體,產業也以長女或女性優先,然而部落大小事,女性沒議事權還是由男性執行,就子女婚姻,Tiya 感受女性在家沒什麼特殊威權,也許多少漢化了吧。

「汝愛了解西方人是利己個人主義,需要三思而行。」Tiya 打電話給父親,只是通知另款異國婚姻,並非徵求同意,彼岸以消極口吻告誡,強調西方重視個人慾望超過家庭生活,他試圖影響女兒婚姻,但對女兒的決定只能無奈,因為彼岸此岸相差一萬兩千英里,父親干涉八兄姊婚姻,家庭也沒比較順利,輪到她這個老么已筋疲力盡了。

北方自由的國度加拿大,從太平洋到大西洋寬廣超過 7700 公里,面積約台灣 277 倍,開車橫越要兩星期,西岸溫哥華飛到東岸多倫多約五小時,時差快三小時。這塊大地河川遍布擁有全世界三分之一淡水量,以及擁有全球冷杉、松木主要供應量的蒼翠視野,容納四面八方人種不斷散發不同的故事。

Tiya 向閒情逸風張了帆,透視距離之間幽然浮現曠度,60 年代自台灣海域馳進加國此岸。那年將要完成論文同時,即墜入一個愛的

夢幻島，於是在環縈安大略湖畔的多倫多，認識不到 30 天，便決定
和第三代愛爾蘭加拿大人共舞各自的花色。只是她如實感受東西方愛
情，有如月亮和太陽的差異。宇宙間任何事都被允許，雖然神只有一
個，肯定宇宙和自己是一體。她聆聽那遙遠聲音，不時在耳際響起毛
利諺語《ka mua, ka muri》（然後之前，然後之後），意味著必須思
考過去，才能向前行走。

　　她是海洋島嶼之女，每次離開都等待她的再次回來。若無母土的
島嶼，飄流在歷史無邊海洋的船，何處找尋靠岸的港口。睡在異鄉的
夢中，常輕聲搖醒她的鄉愁，她喘息在波湧和海鳥的擁抱。對從未聽
過台灣的老外，她該如何解釋台灣在哪裡，是中國的旁邊，或是日本
的南邊？其實多樣性的自然景觀，構成台灣令人嘆為觀止的面貌，或
許可以從橫越台灣的北回歸線，圍繞流動的黑潮與洋流，自山林、海
水、平原和高山中，找到解釋台灣的方向。

　　美國西南部群山居住著納瓦荷人，是美國最大一支印第安部落，
只要有族人離開，就會吟唱一首詩歌：「記住你眼前所見，把目光停
在一處，記住她的原貌，來回走動探索，這地方便永遠伴隨著，當你
遠走他鄉時。」人類血肉的共同感情，不時流轉在這個星球。

　　人類？人類的起源一直是考古學者好奇的謎團，而今 21 世紀報
告指出，台灣先住民是地球所有人類共同祖先，新證據愈來愈多。夏
威夷母系證實是七千年前來自阿美族，關島、紐西蘭都源自於台灣南
島。麻省理工團隊研究基因排序 M174 和 M130，三萬年前由台灣出

發，M174 到達今山東，M130 到達北美。2016 年萬那杜出土遺骸，經美、德兩國 DNA 檢測，證實三千年前台灣人到達那裡。DNA 大數據排比，七千年才會突變。身上流著阿美族血液的 Tiya，潛意識裡感到無限的榮耀。

現今世界各個角落有心人士，開始不斷自南島原生到與原住民和殖民相關議題，延伸至生態環境、語言、神話傳說，經繞太平洋諸島，關注自身族群的記憶與根源。人類的汗水淚水和海水一樣鹹，海洋確實就在我們的血液之中。儘管生活於陸地，人類的擴展軌跡始終與航行密不可分。台灣藝術家的《海不平面》訴說著島嶼子民，踏上另一新土地的悠長經歷。Tiya 從台灣海域北移太平洋美洲大地，看似平穩海面，圍繞海洋波濤的搖盪，顯示過往習性的不協調，那也是一種從已知走向未知的過程。

在這星球洋流的差異就是各自習性難調伏，中國和印度只隔一座喜馬拉雅山，兩國文化習性反差之大超出意料。海洋本身沒有疆界，洋流更是地球最為壯觀自然現象。海浪拍擊的姿態，是人與自然、人與先祖、人與不同族群共舞的姿態，歷經衝突重新展開的並容，生而死而生，生生流轉。對 Tiya 來說，薩那賽是她永遠的母土，同時顯示母土在地更國際化。

愛，不同國家有不同的唸法，概念相同可以超越不同文字表達，一樣迸出愛的結晶體。不管人的習性如何剛僵，時光會流失，世界會改變，愛的方式即便相異，本質是恆久不變。

02

愛爾蘭人和台灣人的
婚姻故事

不小心進入瘋人院，想要獨善其身，
就要懂得比別人更瘋狂，
而且讓所有事情看起來合情合理。

◆ ◆ ◆

　　加國安大略湖有容乃大，湖大到裡面還有一個島，渡輪跨越林間荒野地，湖面宛若慈母柔胸，可供自由吸納，這個島像極了 Tiya 出生的島嶼。在台灣阿美族中，荒野和肥沃同一字，開墾荒野包含雙重含意，一邊是開墾收成，另一邊是野放拋荒。收和放之間構成生命情態，在此她似乎抓到了可以依靠的根部和枝葉，她的婚禮就在這個島嶼舉行。生活是綿延的作品，不管是黑白或是彩色。

　　相愛容易相處困難，她對自己說，他們相識也許是一項錯誤，因他們相愛都使對方生活如地獄，然而相愛的事實，可以證明不是他們的錯或是變化無常的感情，而是他們不相稱的歷史背景所造成的各自習性。其實不相稱中還是有共通點，老公愛爾蘭人，早期英國殖民的

愛爾蘭人，生命型態跟她雷同，台灣和愛爾蘭同樣是一段緣起於400多年前的民族認同衝突，兩人所延伸也可以是多元的未來。

所謂多元的未來，其形上學根源可能是和易卦的既濟卦相互顛倒的「未濟卦」，代表一種向後看的未來哲學。台灣原住民所表現的當代藝術，已建構出可能的未來，讓這些不同的未來綻放開啟，重新審視自己與這些未來的距離，身分認同就可能出現新的花朵。

愛爾蘭小說家喬伊斯說愛爾蘭人早已將自己文化自卑感，轉為對宗主國英國的崇拜，和台灣人不知台灣文化，反而背誦中國的地理歷史是近似的教育背景。老公雖是第三代愛爾蘭人，那各自家邦的眾人之事，卻能構成夫妻之間微妙的融合。

「欣羨你們愛爾蘭，1949年退出大英國協宣布獨立，而台灣建國還在朦朧中。」Tiya說。

「愛爾蘭八百年後才脫離英國獨立，你們只要堅強走下去就會勝利，而且美國《國防授權法案》，將台灣列為軍事援助對象，這對台灣是有利的。」丈夫安慰。

「自古處在大國旁的小國總是命運多舛，台灣境況既像愛爾蘭又不像，有些複雜還必須外援。」Tiya本要加一句就像她的婚姻。

愛爾蘭類似台灣，但比台灣簡單，面對中共強權，台灣需要先讓內部各族群都受到重視。已有中共這個大外患，必須謝絕內憂打擾，尤其需要凝聚民族意識，而凝聚力量語言是關鍵之一。愛爾蘭也說英語，但成功的塑造自己是愛爾蘭人，從步出都柏林機場開始，舉目所

見都有兩種語言：愛爾蘭文和英文。但台語卻是命運多舛，國民政府來台之後比日治更悲慘。如何凝聚內部多元族群讓語言代代相傳，Tiya 族裡年祭長者總是叮嚀，自己的語言自己愛疼惜。遺憾的是他們不僅不被重視，甚至台灣國慶大典主持人還稱原住民是阿撒布魯，豈不知原住民才是最早的居住者。

不管是用老式的裝備或頂尖科技所研發的新型武器，大規模屠殺手無寸鐵的平民家庭，以期掌權者獲得更具威權的優勢，已不再是新鮮事了。這個方法有用嗎？日後還須勞煩子孫向犧牲者道歉。1831 年到 1996 年間，加拿大 139 間小學原住民孩童遭受種族大屠殺，以及 1939 年間納粹德國對猶太人的屠殺，所發生的歷史悲劇，到 21 世紀的加拿大和德國，都能自我反省勇敢的認錯。那麼台灣對岸的中共，能否也勇敢面對他們在大饑荒、人民公社、大躍進、文化大革命、六四等等對人民所造成的傷害，有反省認錯的勇氣？其實答案就在民主和專制的差別。

人類最偉大創作是在無知時期，所發明的指南針、火藥及印刷術，到知識爆炸年代，中共還有一項重要發明——「中國」概念。二十世紀時，美蘇兩大強權為鞏固中華民國和後來的中華人民共和國這兩支政治樁腳，所發生之史實就任其編寫，也沒外國有政治動機去戳破。竄改歷史不僅誤導華人的身世，對胡人而言相當於民族屠殺。

中國本來就不是中國，華人本來就不是華人，詩人李白（701～762）其實是吉爾吉斯人，於是唐朝胡人血統，就這樣被扭曲得體無

完膚。尤其兩岸人民很愛高喊同屬中華炎黃子孫，其實中華民族早在三千年前就被周武王給滅絕了，因為周朝對商文明實施非常徹底的文明滅絕，以致炎黃文明到周朝就已毀了。至於台灣，不容置疑，台灣人大部分是台灣先住民的後代，就算有唐山公的混血，唐山公其實是古越族後代，台灣根本沒有漢人，之所以有中國人，是隨國民黨逃難而來的。

世上最完整的一幅畫，只不過是一個人的出生成長，工作結婚生子，然後死去。毛姆的《人性枷鎖》，認為從某些角度來看，一個人委身於幸福，可說是承認失敗，而這種失敗，比實際勝利更成功。太虛大師（1890～1947）在世所推動的方案沒有一項成功，但是經過還不到 100 年，他被推崇為人間佛教創始人。他涅槃時整個心臟完好如初，成一顆大舍利子，法鼓山創辦人聖嚴師父說，太虛大師是一個失敗的成功者。成功和失敗如何界定，大和小怎樣區分。大國沒有民主，小國有民主，哪一個是子民心中所嚮往的大國？

隔壁搬來一對夫妻，妻子是加拿大白人，丈夫是中國人，Tiya 表示歡迎，也分享台灣文學的創作，尚未說完，被這位中國男人霸氣打斷。

「台灣都用漢字或中文書寫，不就是中國文學？」一副理所當然。

「愛爾蘭、英國和美國都用英文書寫，但他們迥然有別。台灣和中國雖然都用中文撰述，更是相差十萬八千里路。台灣文學融合外來文化，台灣具武士精神反而和日本較像。此差異在東奧會就表露無

遺，中國和台灣金牌選手受獎的神情，一個氣勢傲人還戴毛像徽章，一個彬彬有禮的謙虛。」最後一句是講到台灣人的優雅，Tiya 故意加重語氣。

回家向老公訴苦，他卻用奇妙眼神望著她，本想繼續和他討論，但他的頭一直埋在工作避免看她，這時她舌頭打結，是他們語言無法淋漓盡致？然而剛結婚很少有溝通的問題。好吧，矛盾衝突中求調和，就是生命的奧祕，她如此自我調侃一番正想走開，聽到老公幽幽的聲音從背後傳來：

「月球如住著人，他們一定把地球當成瘋人院，妳不覺得我們住的這個星球是宇宙的瘋人院嗎？」是否他和她一樣，生活正無所適從，而且亂世正是一座五彩繽紛的瘋人院。

不必扯太遠，就拿近期幾個瘋人院陸續上演的戲碼。2011 年南韓研發通過國家安全認證的「加溼器殺菌劑」，結果殺菌變成殺人毒害數百萬人。2021 年當塔利班奪取政權，阿富汗父親把哭泣嬰兒託付給正要撤離的美軍，另一幕媒體正在為塔利班脫罪，如果媒體可以收賄，國家就真的沒救了。台灣方面也不遜色，2022 年美國加州發生槍擊案，兇嫌是拿台灣退休金的反獨促統成員，是刻意針對台灣人所進行的仇恨犯罪，真的了然，台灣人和在台的中國人是不同國。還有另齣戲碼也枕戈待旦隨時上演，因為中共飛彈一直對準台灣胸膛，其實如果飛彈落在台灣土地，也許台灣才能真正建國。

地球人類就是如實真確住在瘋人院，想要獨善其身，就要懂得比

別人更瘋狂，而且應該讓所有事情看起來合情合理，這樣都能得到幸福，那麼大家就不用緊張了。甚至也可以編一個白色謊言，讓大家都很高興，把這個非常悲慘的瘋人院，變成一座快樂無比的樂園。國家大事如此，個人大小事應該也如此，那就一起瘋吧。

03
___

沒有蝴蝶，還有春風

她盡力去瞭解西方宗教哲學藝術，
這帶來莫大喜悅，
遠超單元婚姻所能提供的體驗。

◆ ◆ ◆

日本岐阜縣為訓練未來主人翁的膽識，每年有一項比賽，從高橋跳落急湍水面的危險活動。

「不要害怕！一直害怕也改變不了什麼，跳下去需要下定決心。」第一個跳水成功獲最勇敢獎孩童，如此回答大人。那麼嫁給完全不同習性的異國人相伴一生，其勇氣應該不輸這位 12 歲孩童。

「我們去探望女兒吧，看能幫什麼忙。」Tiya 有南島豪情，試圖打破不悅的家庭氛圍。

「他們有邀請妳嗎？」

女兒婚後搬到渥太華，這個加拿大首都城市充滿政治色彩，除看女兒、女婿、外孫之外，Tiya 喜愛國會大廈 1967 年 7 月 1 日引燃

不熄的那盞百年火焰。從 1867 年 7 月 1 日英國制定《1867 年憲法法令》，正式承認加拿大自治權。這火焰被 12 扇花瓣托浮水面，象徵束縛後自由的意味。Tiya 身上留著南島血液，對自由翔泳特別有感。近年不少考古學家或藝術家，不斷試圖找回人們過往失散已久的記憶。像台灣史前 PACCAN 古太陽帝國的南島純樸共享屬性，到目前還遺留的問候語《食飽未？》，意味著關心對方的溫飽。往昔農事輪流助耕，路邊門前樹下奉茶等等，均是南島分享互助的精神。Tiya 就有這種習性常將自己栽植的蔬菜花果，分享給鄰居朋友。

澳洲，同樣被英國殖民過，就原住民歷史血淚，即堆疊了二百多年。這傷痕可回溯到 1788 年 1 月 26 日這天，英國本土囚犯登陸雪梨，揭開了這片澳洲原住民世居數萬年的土地，被剝奪與侵略，殖民者和原住民的衝突不斷，直到 1930 年代才歇息。

21 世紀初，巴黎因種族被火藥包圍，電視正報導美軍要對這個恐怖組織（ISIS）展開空襲。世界共同傷痛不斷的反覆，戰爭死的不是人，而是愛。政治、種族、宗教，真是人類三大無量阿僧祇劫！

「新疆、黎巴嫩、阿拉伯也受恐怖攻擊，但法國人的死卻受到世界注意。」Tiya嘀咕。

「巴黎代表民主自由，今日受摧殘，世人對生活的價值產生挫折。」她的男人說。

「民主自由？法國是軍國專制國家，種族歧視嚴重的社會，他們一直銷售武器給極權國家，也不知如何整合移民，巴黎貧窮地區的中

東移民，常受當地人及警察的騷擾，冰凍三尺，非一日之寒。」Tiya
義正詞嚴的反駁。

加國也有種族歧視，但不致於像歐洲嚴重，而最可怕是東方人
歧視東方人。如遇爭執時刻，華裔會討好白人，而向她這個台裔丟白
眼不屑，但有白人老公在旁就較少發生。不能消除種族歧視、非洲飢
餓、敘利亞難民、ISIS 充斥、冠狀病毒，將是人類永遠的鄉愁。

不管伊斯蘭國在伊拉克和敘利亞出現，搞得全世界陷入低潮，但
親情至少可以淡化這些烏煙瘴氣，她再次以柔嬌語氣，尋求女兒父親
的回答。

「改天我們去探望女兒吧！」她再重複。

「他們有邀請妳嗎？」他緩緩抬起頭又同樣的問著，好像他們是
要去拜訪一對陌生人。老母想念女兒需要被邀請嗎？許多雞毛蒜皮小
事，分秒在發生，像他不習慣東方菜餚，她不喜歡西方食物，他們就
各弄自己的餐點，已成為用餐律則。只因東西文化差異，引來諸多困
擾，難道她要向父親承認，她愛錯了，愛上一個西方人？

「T&T 是台灣人經營的。」她常提起這個東西方食物齊全的超
市，是他們共同愛逛的地方。

有一天，從 T&T 購物回家，電話鈴響了，她拿起話筒問是誰。
是一個女人的聲音，用純正英國腔說要找他，語氣不耐煩，她感到有
一種被排斥的感覺。她說他不在家也不知他何時回來，電話那頭的女
人笑了，沒說一聲抱歉就喀一聲掛斷。這並不意味什麼，也許是他的

一個學生，或他的工作夥伴，但她的心仍然被打亂，不能集中精力做任何事，她不能忍受這絕對無所謂的枝節。

這種《同性的提防》（圖1, p.254）對她來說並不陌生，當初結婚時，老公的大妹就來和他們同住。在同一屋簷，一個講求實在，一個喜愛炫耀，婚後會有女人欺侮同輩女人的現象。也許跋扈成性，造成別人的傷害而不自知，或是一種對外來同性本能的提防？而現在她面對則是外面同性的議題。

「非常沒禮貌的女人！」還是說出口了她的不悅。

最後，各自有自己的電話，他說不會互相干擾了，她倒覺得和他之間又隔了一層。朋友說嫁給異國人的優點，惡毒爭吵不太刺耳，不會愈吵愈烈。但她為自己選擇負責，要在異中尋求平衡。她在台灣阿美族文化、東方傳統以及日本禪宗成長，有人將婚姻不和諧歸咎文化差異，於是她盡力去瞭解西方宗教哲學藝術，這帶來莫大喜悅，遠超單元婚姻所能提供的體驗，這是否和養成《觀功念恩》的功夫有差，因為她開始接觸《廣論》課程。

留在台灣可以舒服安穩，離鄉背井得靠自己，警覺性自然提高。猶太人二千多年來流散各地，卻是世界唯一沒乞丐的民族，而且二戰前掌控德意志，甚至目前掌控紐約華爾街的經濟大權，這是超越警覺及愛讀書的成果。猶太人墓園要放書，因死者會從墳墓爬起來看書。多年流浪一切都被掠奪，只有書和知識奪不走，這是愛爾蘭夫婿的猶太妹婿給她的見識。這個妹婿很瞭解她，甚至教她放輕鬆。

好，輕鬆的活，不必太在意這個星球的亂象，那麼找點樂子，談談性別。

佛洛伊德說他不知道女人想要什麼，一大堆人在一起說話，她想談什麼呢？男人想要什麼，他希望人們別對他那麼火大，當他不想走在軌道之內時。為什麼現在這麼多人離婚，因為現在大部分都不再有幾代同堂的大家庭了。如有一對夫妻吵架，可能認為是錢、權力、性，或是些教養孩子之類的問題，也許他們真正想向對方說的是：

「只有你是不夠的！」

人生因見矛盾而知真相，人性因掙扎而可貴，生命因失戀而豐富，外遇路崎嶇，但在道德岩嶺的夾縫中，來回暢通行動，生發出一株青松，不也是另類風景？

Tiya 不少白人女友，兒女都有不同的父親，其中之一有 5 個兄姊都是不同父親所生，換句話說，她老母嫁 5 個丈夫。接著她自己也結三次婚，生了 3 個不同父親的子女。似乎婚姻生子會遺傳，或是西方人偏向個人主義最好的見證。

這和東方觀念有很大差異，台灣人結婚要拜天地、父母、夫妻對拜。在儒家看來，有天地陰陽，才有男女婚姻，進而父子君臣倫理，這應該是東方教導做人要像人樣的範例之一。

異性婚姻，或許是 1 加 1 等於 2 的簡單數學答案，事實上，這多彩的社會非僅異性戀而已。如果在另外一個性別，說男性是女人 He is a woman，說女性是男人 She is a man，就非 1 加 1 等於 2 合於古板

邏輯的題目了，那將是一個六彩繽紛同性戀和跨性別的世界。

如果認為這句英文《He is a woman，She is a man》文法有錯，表示孤陋寡聞。這句標題有張力，是一部探討同性、變性等三角關係的電影。這世界不能用單一思考模式，就像 Tiya 和異族共組家庭，也非單一色彩人種能品嘗的個中酸甜苦辣，而且同性戀有確保才華不被孩子拖累的祕密武器。平衡人口的超殖，醫學有避孕藥，大自然有同性戀，相互理解相異的世界，吸收的正是自己欠缺的生命價值。

愛因斯坦深信，人類是為了別人的緣故，才活在這個世界，特別是為了那些給我們微笑幸福的人。相對論可以如斯延伸，如果沒有悲哀挖空每個人心，哪有餘地放進歡樂？世間有太多不完美所以需要愛，沒有蝴蝶還有春風。

04

在無垠的空間來去自如

如果有天到另一世界，
她要向反對她和白人結婚的父親說：
「我已經認真愛過。」

◆ ◆ ◆

為了跨進那個甜蜜時刻，Tiya 決定從多倫多單獨搭車，獨自前往渥太華探望女兒，再到蒙特婁老姊家幫忙設計庭園。她準備向老姊建議多種植苦楝花，這種紫白色小花具淡淡清香，常在他們族群中扮演重要角色。祭師們喜愛持著苦楝花，用手指劃過人們鼻頭，為喪家除穢祈求大小平安。在台灣期間，她很著迷苦楝花開的優雅夢幻，特別是綻放在歷經寒冬的枯枝上，她曾以「蝶舞春風」為名做些贊助活動。一路思維飛翔，和身邊有個伴不一樣，其實出門前還問老公要否同行，還好她可以自我調適，像一道孤獨的瀑布，當獲得自由，也能快樂歌唱。

從渥太華到世界第二大法語區僅次於巴黎的城市蒙特婁姊姊家，約 3 個小時。加拿大是英法雙語國，從語言看出法國與英國在加拿大

的情結。加國是一部伴隨貿易的移民史,為了主權不斷發生挑戰。

「1700 年法國沿著聖羅倫斯河 St. Lawrence River 在加拿大建立殖民地。」「同時英國也從南方的殖民地,向北方加拿大甚至法國所宣稱的領土上擴展。」「兩國對抗終於在 1759 年有決定性的勝負,英國戰勝法國,從此英文比法文強勢。」

每個國家都有其獨特歷史背景,也包括由誰詮釋歷史。她的故鄉台灣族群也不例外,單就一齣歷史戲碼《斯卡羅》,在台灣即掀起一陣平埔族群或高山族群尋根的風風雨雨。歷史真是隨人扮裝的布偶,創作者各取所需,是永遠解不開的羅生門。

踏上這塊北太平洋大地,讓她看到希望。像 2010 冬奧加拿大 CBC 開幕轉播中,除用 12 種語言大膽提到人權,其中 8 種是原住民族語言,面對過去的錯,加拿大已走在路上。加拿大或許沒有立場對其他國家人權政策說三道四,但多少可以喚醒那些正捍衛獨裁政權者的良知。

很多台灣人和 Tiya 一樣移居加拿大。有人不敢在台灣生小孩因怨氣太濃,也有因不喜歡台灣八卦文化,選擇不回去。然而 2016 年外籍人士評最宜居地,台灣卻奪全球榜首。中國因空氣汙染嚴重,香港、新加坡因房租物價高漲,排名一直下滑,當然這些只能參考不能以偏概全。這世界一切都不確定,任何事都可能發生。就像她這次出訪,在車上遇到圖形刺青西方小子,充滿邏輯的深思導出另一番她日夜思考的東西文化。

　　這個設計師刺青過程分三次，因要感受妻子生產的陣痛，忍痛經歷45小時才完成，多麼教人感動，然而他已離婚，現正要去會見新女友。Tiya 感到疑惑，難道刺青遠超生兒育女在婚姻的神聖？羅馬有二面神，一面觀望過去，一面展望未來，他自己再多加一面專注當下。這個具有靈活眼神的西方小子，竟然將這神聖的三面神，火辣辣的刺在他厚實的肩背上，還不斷強調生命中的自己。如果以東方實用價值觀，他是沉溺於自我慾望之中。只是這三面神卻繚繞著 Tiya，進而想起自己在愛情、婚姻、生產的甜蜜和煎熬。

　　女人生產，北美醫生最鼓勵丈夫在產房陪伴妻子，她常想起分娩陣痛的心情。

　　「妳丈夫會來嗎？」她的生產不是很順利，護士一直問著。

　　她分不清淚水是生產的痛或是期望中的落空，她不知老公曾否為她的生產感到不安，圖形設計師是否在妻子生產時跑去刺青，或是陪伴產婦在床邊？

　　希臘天神宙斯（Zeus）和妻子希拉（Hera）爭辯男女做愛誰得到較大喜悅，眾神的特伊西亞斯（Tiresias）曾活過男人和女人，他說當然是女人，其悅樂也是男人的九倍。用公平兌換，女人愛的深度是男人的九倍。女人的愛深入肺腑，男人的愛僅達膚淺。所以這位西方年輕人刺青的痛只是皮肉，生產的痛卻是痛入肺腑。Tiya 充滿孔夫子教化的東方女子，可是現今她生活在西方，又和西方人結婚，卻心心念念故鄉的安危，如果中美爆發核戰，會是什麼後果？

　　邱吉爾說，當他回顧所有煩惱時，想起一位老人臨終說，一生中煩惱太多，但大部分擔憂的事卻從未發生過。飛鳥盼望自己是一朵雲彩，雲彩盼望自己是一隻飛鳥，死亡是美麗的休止。尚未走到美麗休止之前，還得繼續勇往直前，結束探望女兒和姊姊，返回亂蓬甜蜜的家。

　　「Honey, welcome home.」愛爾蘭老公已在候車室等她，熱情的說。

　　「I am very happy to be back, sweetheart.」已習慣西方文化，她展開燦亮的笑容。

　　佛法所言，沒有過去，沒有未來，只有當下。愛人比被愛更接近神，讓她認真多愛他一點。她是一個女兒、一個母親、一個妻子，在黑暗中為了愛，透過那覆蓋的黑夜，她伸出堅毅又柔軟的雙手，緊緊握住膚色和她有別的大手。

　　從排斥到連續12天的唸誦《地藏經》，這不可能的任務，那天終於圓滿完成。一直以為她會累斃，想不到卻是精神抖擻，原來放下之後多麼輕鬆自在，負面情緒多麼浪費生命。她應該不會再那麼認真生氣和悲傷，今後可要好好善待自己，畢竟人身難得。地藏王菩薩喜愛進入地獄，但他永遠進不了地獄，倒是我們很容易進入地獄。世間輪迴痛苦煩惱均從愛我執而起，一切美好都由愛他執產生。

　　人的壽命最多也不過150年，和50億萬年歷史的地球來說，只不過是短暫的過客。愛自己只有一人獲利，愛他人是多數無量的利

益。俗手與妙手的差異只有半步之遙。在加拿大，森林裡的秋葉燦爛
無比，各方專程前來觀賞就像朝聖一般，但每人所感知的秋葉之美和
喜悅程度不同。正念一燃起如日光普照，她走進家門意外發現，前院
那株太平洋構樹正欣欣向榮。

　　加拿大 Canada 源自美洲原住民的 Kanada 意為部落，和台灣阿
美語的 Kanatal 同音同義。如果有天到另一世界，她要向反對她和白
人結婚的父親說：「我已經認真愛過。」

　　加拿大 Canada 簡單的國名，從台灣流轉到這個沒有掛名為聯合
（United）、共和（Republic）、或人民共和（People's Republic）的
北美大地，同時更期望故鄉台灣不是 Republic of China，而是簡單的
國名：福爾摩沙或台灣。簡單就是愛恨對錯無界限，愈簡單愈寬廣，
生命就在無垠的空間來去自如。

同住在這個星球，
大家都是一家人

● ● ●

台灣家族對敘利亞家族說：

當你們在加拿大穩定之後，

同樣去幫助需要幫助的人，

就像當年大統華李總協助我們一樣。

01

我一直信任你的能力

信任之所以能夠創造價值，

因為信任本身就是無價，

那是一種願力，

冬天來了春天還會遠嗎？

◆ ◆ ◆

從台灣海峽流轉到太平洋彼端，是生命夢想的水流。只是大海茫茫，面對潮來潮湧，如沒有蒼穹的祝福和本身強韌的意志力，隨時會被沖得無影無蹤。正當太陽越過西方即將沉沒方向，一道金黃彩色輝耀阿子夢想的翅膀。生命一朝在光芒海洋誕生，就達到極峰的成熟。移居成功之後繪出一幅《流轉的老女人》（圖2, p.255），戴著台灣和加拿大胸花，溼熱的台灣和乾寒的加國自然融為一體，生命因愛而流動，海洋因浪湧而精彩。

有一年回台灣，畢竟是故鄉處處是記憶的風光，穿著台灣地圖胸前戴著加拿大國徽，穿梭台北大稻埕老街，從領導反日本殖民的蔣渭水大安醫院的行冊，到傳統街屋與巴洛克風格的森高砂咖啡，似乎

走入時光隧道。太平洋北方的國度和台灣海峽的 Formosa 已失去地平線，腳踏北台灣的五叉路口，蝴蝶思路隨著車水馬龍飛舞起來，她到底流轉到哪個時空？

那是二十年前的事，當加拿大移民官質疑台灣女子以中文作家身分，如何在英文國度生存？正當山雨欲來風聲滿樓，她的貴人出現了。

「袂使予加拿大拒絕這款優秀的台灣人才！」李總適時伸出援手，保證阿子的才情。

李安邦生長在台灣台南鹽水，1993 年成立亞洲食品超級市場大統華，橫跨東西岸共二十幾家分店。他的創業精神，當鯉躍龍門之後，將傾其日月光華回饋另一空杯，一吐一納的循環，創造北美企業奇蹟，也注滿台灣女子的空杯，他的臨門一腳，讓她的夢想落地生根。

加拿大好風好水吸引這個澎湖女兒勇往直前，地球表面迷人的溫哥華，使她有做夢的理由。如果她和北美這塊土地是一個大邂逅，那麼她和李總是一則奇蹟的大相遇。也許上天安排好劇本，他是要來協助她度過難關。

「有閣再出版新冊無？」她移居溫哥華多年來，李總會這樣的關懷。

阿子好像都沒讓保證她才華的人失望，接著他會在多種族人群，特別宣揚亞洲唯一用英文、台文、華文創作的作家和畫家，強調台灣

人的優秀。他不僅以加拿大人為榮，更以台裔傳統為傲。難怪台灣女子因努力有了成果，就迫不及待將之推展出去。

林肯站在曾是殺戮戰場的蓋茲堡說：「我們已無法使這裡成為聖地，因為這裡進行過戰鬥，那些犧牲者已使這片土地變得聖潔，我們微薄之力已不足以對它有所增減。」能把戰爭的恐怖和憂傷變得如此壯美。人類一方面談環保永續，另又以更加倍的仇恨戰爭毀滅這個地球。人們每思及戰爭，都有可能湧現榮譽莊嚴的幻覺。台澎因《馬關條約》的割讓，成為日本的殖民地，二戰後的因果歸屬，《井月澎湖》記述這段戰爭，是歷史也是人情，其精神不論外在或內面，是否也有莊嚴的幻覺？

然而一個綿長歲月無法侵蝕的身體，以及在如斯堅固表面之下，異常活躍奔放的靈魂，在生命中閃耀著永恆的光點，是可以參透那重重的幻覺。有一年就在某個點，作者參加多倫多簽書會，被記者發現其風格像印度詩人泰戈爾，同樣是晚年英譯自己作品。泰氏從孟加拉文翻成英文，阿子從中文台文譯成英文，又遇泰戈爾巡迴畫展，使她回溫哥華後藉泰詩提起彩筆，繪一系列《人面詩畫故事》，被報導畫展很泰戈爾，她也表白若沒有李總慷慨大方的布施波羅蜜，她不會有這一天在北方國度辦畫展。

亞洲有種蔥蒜類加在湯裡炒飯或煎蛋都很美味，該植物再生力強，採收愈頻繁長得愈茂盛，這植物正代表著布施波羅蜜，不為自己私藏只想布施，肯定自己會有加倍的喜悅。佛法如是說，波羅蜜之花

第一片花瓣是布施波羅蜜，也就是修習付出贈予。而他所給予的正是他所得到的，其速度比人造衛星所發射的信號還要快。無論他布施的是自己的真實存在、朝氣或智慧，他回收的禮物都能創造奇蹟。布施波羅蜜即是修習慈愛。

Vancouver SociaLIGHT 是一個社交平台溫哥華年度盛事，匯集世界各國具國際影響力的領導人上台分享自己。李總有一年被邀，各地人馬就是要聽他的創業成功史，他卻一直標榜阿子，他要讓全世界知道加拿大有位從台灣移民來的精英。李總布施慈愛給予阿子，阿子深信有報恩的機會，因已攝受在她的阿賴耶識，是生生世世的記憶因緣。彩雲注滿河水之杯後，心滿意足欣賞他經營的一路風景，那是李總對外人的態度，對家人的願力又是如何？從加國規模最大的亞洲超市經營，可找到蛛絲馬跡，烏雲變成天上的花朵，是有脈絡可尋，當它與光結合時。

在溫哥華多種族熱鬧滾滾會場，年輕主講者分享繼任家族企業的心路，講述和大統華創始人也是母親被 BC 省選為最具影響力的女性，以活潑感性引出母女因愛而生的矛盾故事。她說她是太陽，母親是月亮，太陽月亮可形成無邊的宇宙，也裝扮一個家庭的天地，而笑容可掬兼具父親和丈夫的李總在旁靜默聆聽。不管馳騁於無形的慈善領域或有形事業，這時該是他最溫馨的享受，就像世界對著愛人，卸下巨大，小得宛如一首歌，一個永恆的親吻。

「我本來是一個無自信的家庭主婦，習慣匿佇翁婿的後面，我

是硬硬予伊推銷出來。」這位創造超市的傳奇人物，如今要交棒給女兒，望了望丈夫用台語如此形容自己，最後說：「不而過，大統華改變我的一生，代誌論起來簡單，事實是艱苦無人知，認真講，我是一個勇敢追夢的憨人。」李太太笑得燦爛，此刻可以感受為夫者有如盛滿酒的杯正陶醉著。人類因有夢而偉大，哥倫布因而發現新大陸。阿子生命的浪潮流轉，駕臨每個季節都叫人驚喜的北美國度，而今參與注滿她空杯的李家企業，她想替李總說，他人生所呈現的就是一種願力：我一直信任你的能力。

信任之所以能夠創造價值，因為信任本身就是無價。信任別人的能力，即是信任自己的能力，那是一種願力。BC 省維多利亞的孟若書店，主人是 2013 年諾貝爾文學獎愛麗絲孟若第一任丈夫，夫妻之愛雖逝，書香卻源遠流長。後來主人為永續經營，將書店無條件轉贈員工，這又是一位信任別人能力的使者。

信任別人的能力，背後要有六度波羅蜜做穩定的支撐，六度是布施、持戒、忍辱（包容）、精進、禪定和智慧。生活本身就是段段的逆水行舟，有時進，有時退。信任別人的能力，另外還必須尊重別人的黑暗角落，且得直視它們，即使裡面只是垃圾，無論如何都得凝視，除尊重更勿以敝屣視之，這時包容就派上用場。如果有不好的地方，表示終點還沒到，最終都會變得美好。有信任別人能力的願力，意味著明天會更好。暴風雨過後，總有風和日麗接踵而來。如果冬天來了，春天還會遠嗎？

02

台灣愛，
飛揚在非洲土地

地球只要還有人類，
世紀之戲永遠不會落幕，
雖然戲台上只是一陣風一堆塵而已。

◆ ◆ ◆

「聽說中國人會吃人。」童稚黑嫩面容，張開潔白牙齒，訴說她的感覺。

「我也聽說非洲人會吃人。」阿子說。

「妳！就是那天送書給我們的阿姨？」晶亮眼睛驚訝叫起來，然後輕輕附在阿子耳朵說：「所以中國人是好人，不會吃人。」

「我不是中國人，我是台灣人。」阿子糾正。

「幫我看看我的命運。」伸出黑褐小手，要人相她的命。

「糟糕，表演的時候，妳會唱錯字。」

「真的？怎麼辦！我會被罰。」眉心即刻糾結起來。

「不要緊張，我可以幫忙解除，妳只會唱錯一個字而已。」

「不行，一個字錯還是會受罰。」

那一天，當阿子的作品遵照李總的安排和吩咐，於隆重儀式中交給跪在地上接受贈書的非洲孤兒手中，她有些尷尬，但聽說這是非洲傳統，接受長輩禮物應有的禮貌，之後就和這群小朋友打成一片也盡地主之誼。望著這群叫人心痛的苦難孩童的同時，阿子差一點要跟他們到非洲當義工協助需要幫忙的孤兒，幾乎忘記自己的年齡，被人阻止並慎重對她說：

「妳要去那麼偏遠貧窮的地方服務別人，搞不好妳會變成需要別人照顧的老人。」

她默唸著每天都是恩典，都是幸福的日常資糧，不管發生什麼事都是唯一會發生的事，即使在挑戰自我的邏輯和意志力。孩童天真本能是不分貧困的直布羅陀彼岸荒野，或是富足的太平洋此岸沃土。因欠缺所以容易滿足，這群非洲孤兒吃白米飯的雀躍，看到手機所發出的驚奇，寧可不吃飯也要多觸摸幾下，和在溫哥華購屋講求舒適亮麗形成強烈對比。

在貧窮國家行善不是簡單的事，除病毒有基因傳染外，還有一件事影響生活品質和未來的發展。科學方法已證明貧窮，就像基因會遺傳或傳染，不論你捐多少錢都會回到原點甚至更糟。所以貧富的差距，不是口袋多少，而是腦袋所裝的東西有多少。佛法境界一切都是因緣和合，如果貧窮是病毒，富裕也是病毒。然而在這個團體，卻可以紮實的體會到佛法四無量心是真愛的四種層面。

因貧窮戰亂愛滋蔓延的非洲兒童，台灣法師將台灣愛飛揚到非洲，2000 年陸續在馬拉威、賴索托、史瓦濟蘭以及納米比亞等四國成立關懷中心，除保留孤兒自己母語外，也教他們台語和華語，並練習武術，釋出慈的層面，「慈」能帶給人喜悅與安樂。

讓地球黑暗角落顯出亮點，非洲五十幾國待助濟孤兒無數，法師的理念能救一個就少一個苦難，完全陳呈了愛的第二層面悲，「悲」能減輕以及轉化苦。

2016 年 ACC 再度駕臨溫哥華，慈善主辦又是李總，為取得更多共鳴，他又策劃四重奏穿插會場，果然溫哥華募款盛況超出意料，這是給非洲孤兒最大的禮物，帶給需要救助孩童莫大的「喜」悅。

他們結束溫哥華行旅，又到另一站多倫多繼續募款。「到多倫多大統華超市的物件，只要你們搬得動儘管搬。」送行路上被叫李爸爸的李總遞出滿滿的「捨」意。他的大統華在加拿大有幾十個據點，每據點均增添加拿大諸多的色彩。

慈悲喜捨四無量心相互依存，繞著地球發出無限的光圈。想像一下拋開天堂，一切就那麼簡單，既沒有地獄，更沒有戰爭，頭頂只有藍天，驅走所有貪婪慾望，讓人們不分你我分享著同一個星球。不幸的，人類就是複雜不簡單的動物，再牽涉到政治那可要天翻地覆。不得不對最美的東西同時感受到悲哀與不安。美麗與不安總是相互結合，如同慈悲喜捨相互依存。

馬拉威被聯合國評為全世界最低收入，1966 年曾和台灣建交，

2007 年轉而與中國建交。台灣講求民主和平的愛與中國講求互利受惠的條件，背景相異結局可以想像，就這樣 ACC 慈善團體，從台灣愛飛揚非洲，到中國為政治教化工具。佛光可以普照，但宗教弘法不能變成文化殖民。

孩童無辜，把非洲孩童當成中國孩童教育，跟歐洲人把原住民孩童抓去教化有何不同？不論哪個世紀或朝代，人一旦擁有權力，表面他們獲勝，實則細菌獲勝，同時也洩漏他們的意念。他們對拯救生命其實並無興趣，對他們來說，最重要的是聽話，如果有什麼讓他們痛恨，那就是聰明人。幽默大師總是教人用幽默來遠離殘酷生活，因為政治不會有任何好消息，他自己的墓誌銘就這樣寫：「這個美好的地球，本可以拯救它，但我們太他媽的卑鄙懶惰。」

科學與佛法各自走了二千多年，陸續有物理學家證實，佛法最符合現代科學的發現。一百年前愛因斯坦的相對論，讓人們往外進入宇宙，接下來發現量子力學，讓人們再往內進入微觀世界，形成念頭構成大千世界。科學家發現山河大地宇宙萬有，全都是基本粒子所組成，更證實世上一切均是幻象，沒有實體全是影塵，與《楞嚴經》的「一切因果，世界微塵，因心成體。」不謀而合。然而地球只要還有人類，世紀之戲永遠不會落幕，雖然戲台上只是一陣風和一堆塵而已。

03

同住在這個星球，
大家都是一家人

敘利亞兄弟想念媽媽每天沖泡土耳其咖啡神情，

阿拉伯社會的咖啡文化，

變成思念家鄉的線索。

◆ ◆ ◆

　　蘇成常取笑母親阿子，念念不忘要感恩她的移民恩人，但是李總已不需要協助，如真要回報該去幫助需要幫助的人。他們定居Burnaby，蘇成真的去當 BIPT（Burnaby Intercultural Planning Table）義工，幫助新移民和難民。

　　敘利亞，是大國夾縫中求生存的一個中東小國，人口比台灣少，內戰卻不斷，至今還看不到和平曙光。2011 年為爭取民主自由的「阿拉伯之春」，在美中俄及波斯灣地區強權介入就嚴重變調，難民人數至 2015 年已超過四百萬。在自己土地打別人的戰爭，敘利亞何辜不時攤在列強砧板。美國支持阿拉伯之春且對抗恐怖主義，和敘利亞內戰已然合為一體，終於明白敘利亞兄弟的父親毅然決然拒絕美

國，投向加拿大定居的理由了。

這位父親是敘利亞勇敢人權鬥士，被自己國家關五年，同時被虐待從不屈服，最後被驅逐出境。透過人權組織，德國、英國、美國、加拿大都願意接受他，美國總統小布希還透過電視表示歡迎，結果他選擇加拿大。

「為什麼？」蘇成問。

「因為美國是假民主，加拿大是真民主。」鬥士的語氣如此堅定。

「美國是 melting pot，加拿大是 mosaic，兩者區別在於所有的移民進了 melting pot 都成為美國人，但在 mosaic 還是可保有自己原來色彩，仍是多元文化的一分子。」蘇成不時感動加拿大人對待不同膚色、不同語言、不同族群的態度，他說加拿大所謂的多元，是一種待人如己的生命態度。

李總於 2002 年賜給加拿大新移民阿子一家的力量，當加拿大政府於 2015 年收容兩萬五千敘利亞難民，其中兩位兄弟經過酷刑監禁一路坎坷，終於和闊別 15 年尋求政治庇護的父親在溫哥華團聚。蘇成得知他們有難，義不容辭伸出援手。

「你們真幸福，加拿大是一個好地方。」敘利亞父親對蘇成說。

有一年，從台澎移民來的家族，邀請從敘利亞難民來的家族，在異鄉加國共度中秋。不同種族所觸及的感受都相同，同住一星球，大家都是一家人，然而各自仍有不同難題。

　　台灣家族說：「大家都叫我們台灣，什麼時候我們才可以叫自己台灣，而非中華民國。」

　　敘利亞父親說：「我在這裡生活自由自在，也是人生最快樂時段，卻被自己的國家羞辱，說一個敘利亞大人物淪落到溫哥華街頭賣咖啡，新聞之大比當年我投奔自由還要驚天動地。」高挺略往下勾的鼻梁，在雙眼炯炯有神之下，顯出這位不算高的敘利亞父親高壯無比。他是擁抱感受，培養無畏的勇士。

　　製造暴力的人何其多，而懂得如何正念呼吸與創造快樂的人卻很少。每一天，我們都有絕佳機會讓自己快樂，且成為他人的庇護所。我們無須任何改變，也無須展開特定的行動，只要能在當下快樂，就能幫助自己所愛的人與整個社會。天地萬物均是法音，每天早上打開窗戶，就會看見晨光流瀉而來，生命多麼奇妙，專注每一刻，心會如止水般的清澈。

　　「妳是月亮！」這對兄弟一見到蘇成母親熱情的說，月亮對敘利亞人是至聖的美麗。這時阿子被讚美之後，藉著月光興奮亮出她的一幅繪畫《北美兩國》（圖3, p.256）解釋說：「這邊代表加拿大，你看這個人像不像加拿大總理；右邊代表美國，這個人像不像美國總統。美國禁止中東公民入境，引燃魁北克射殺穆斯林的悲劇，重要人權關卡，加拿大擁抱多元，更是難民擁護者，美國關閉一扇門，加拿大打開一扇窗，我畫了我的感受。」

　　「你媽真不可思議，用另一種藝術方式表達看法。」兄弟望著蘇

成，接著又嚴肅的說：「台灣是人道國家，人民更是仁慈，來到這個國度，幸運遇到你們，唯一遺憾是母親仍未能脫離魔掌。」本來俏皮的舉動，瞬間眉頭緊縮，真的很沮喪，畢竟才二十出頭，看起來有倍數的年歲。

敘利亞兄弟投奔自由和父親團聚的週年，接受溫哥華電台訪問，自然透露在加拿大呼吸到自由氛圍的幸福，然而憂愁還是掛在臉龐，擔憂留在敘利亞的母親受到災難，母親正軟禁中。兄弟和母親僅能透過網路聯繫，見不到面的刻骨思念叫人動容。他們想念媽媽每天一早沖泡土耳其咖啡的神情，阿拉伯社會的咖啡文化，變成思念家鄉的線索。

光明或黑暗的國度，依然有自己的神殿，點燃自己的燈，唱著自己的歌。這天換成台灣家族前往拜訪敘利亞家族，發現每個人不很有精力，桌上擺著《古蘭經》，正想問到底發生什麼事？

「落日時間一到，就可以吃飯了！」敘利亞家族說，原來這個月正是穆斯林齋戒月。齋戒月開始，天堂之門將開，地獄之門自然關閉，他們的先知穆罕默德在《古蘭經》的開宗明義。

穆斯林又稱回教徒，占全球四分之一人口，多數是阿拉伯國家，而東亞、歐洲、美洲則是少數，對台灣人是陌生更是敬而遠之，印象中恐怖分子都信仰伊斯蘭教。

「你們真主阿拉，對世人憫慈，為何恐怖組織均是回教徒？」

「他們不是真正的回教徒。」敘利亞兄弟斬釘截鐵回答，並敘述

阿拉的宗旨：停止飲食讓身體休息，有益健康，品嚐飢餓，體會貧窮的痛苦，專注尋找自我，非慾望駕馭靈魂。透過這些能量培養與真主之間的關係。儘管齋戒艱苦，還是期待齋戒月的到來。知道世界好幾億人和自己一起不吃不喝到接近暈眩，是難以形容的微妙感受。

敘利亞兄弟經過十幾年磨難到達心怡的國度加拿大，也才和父親見面，又遇到熱忱的台澎人，感動之餘不知如何報答，蘇成敘述他簡單的理念：「當你們在加拿大穩定之後，同樣去幫助需要的人，就像當年大統華李總協助我們一樣，同住在這個星球，大家都是一家人。」

地球會迷航，
意志力絕不迷航

• • •

楊醫師說：

把自由當成祖國就不會有鄉愁，

唯有工斷才能在異地生根，

否則永遠像浮萍居無定所。

01

歸不了故鄉，
也活出另番精彩風光

焦慮不只是黑洞，應該也是生命禮物，
楊醫師發掘自己那份特性，
並將之使命般的奉獻。

◆ ◆ ◆

秋日午後的一種拜訪，阿子一夥人來到 Richmond 探望 2015 年獲台灣總統頒發貢獻獎的楊醫師。60 年代生活在加拿大對台灣年輕人是美好的事，這群加國台裔不願獨自享受自由，積極向台灣推廣民主，但這種理念和當時的蔣中正相違背，這段旅程似乎成了借貸關係，他們進入叛亂黑名單，歸不了故鄉，楊醫師是主角之一。

生命除了永無止境的借來借去，永不間斷的給予和接受，還有別的嗎？哈姆雷特沒有被抓，因為他是王子可以殺任何他想殺的人，最後他在一場決鬥中被殺死，他是上天堂還是下地獄？不知莎士比亞有否相信天堂和地獄，所以還不知這究竟是好事或壞事，但唯一可確定，楊醫師還活著，蔣中正靈柩還在慈湖，這下是蔣中正歸不了他的

故鄉。

　　廢話少說言歸正傳，楊醫師移居加國超過半世紀，始終激情對故土在世界應有的地位，強烈尋求結束台灣國際的孤立，糾正歷史的錯誤。他出生於台灣，兩歲隨父母到滿洲度過童年，二戰結束又以難民回到台灣，現定居溫哥華。以奔放筆觸揮灑大自然的房宅，如同溫哥華秋色，一季詩情才釀成的楓紅，尋覓中看到菲傭開門，即刻呈現輪椅中笑容可掬的男主人。

　　北美和台灣都是移民國家，但台灣比其他族群多一層和中國糾纏不清的關係。台灣有自己的領土、稅收、軍隊、民選政府，主權國該有的都有，但在聯合國沒有席位。加拿大擁有超過 20 萬的台灣人，加拿大和台灣卻無正式外交關係。孤單的台灣，像世界孤兒沒有正常國格，只因為有一個「歹厝邊」，楊醫師娓娓道來這幾十年來的感受。

　　「美國是西方世界的老大，雖然美國霸道，但是講求自由民主，加拿大和伊作厝邊，互相尊重就相安無事。中國是東方的老大，可惜伊無自由民主，台灣有這个歹厝邊，就無好食好睏了。」日英雙語是楊醫師熟習的語言，他卻用台語侃侃而談住過的台灣、美國、加國等三國的微妙關係。一個隨時用武力恐嚇的厝邊，你會有怎樣的心情，泰戈爾有詩：人類歷史正耐心期待，那被侮辱者凱旋勝利的到來（圖4，p.257）。

　　「楊醫師台語真好，比我踮佇台灣超過半世紀閣較輪轉。」阿子

說。

「瑞士有義大利語、法語、德語等三大語系，攏會當和平共
處，這是民主社會基本的條件，但是台灣單單台語和華語就戰到欲死
欲活。」楊醫師換一下坐姿繼續講：「我細漢在滿洲國受的教育是
日語，父母會曉講台語，不而過，攏是無愛予阮知影的代誌才講台
語。」

「親像無愛予父母知的代誌，阮就講英語來閃避序大人。」
Patty 附和的說。

「台語有八聲，比華語濟四聲，西方朋友真愛聽我唸台語詩。」
阿子興趣盎然提起語言話題。

「我的朋友蔡阿信，長年蹛佇溫哥華，和我相像會曉四種語言。
伊第一次的翁婿是台灣人，第二次的翁婿是英國人，但是晚年住院時
常對醫生護士發脾氣，為何伊講的話攏無人聽有，原來伊講的是台
語。」楊醫師笑咪咪的說，並強調老人失智後，自己的母語還能清晰
如昨。

「我一个中國朋友，開車和白人發生糾紛，我臨時作翻譯，起
初時伊聽無我咧講啥，續落來拜託我講華語，我才發現我講的話是台
語，莫怪伊聽無。」這是阿子前些日才發生的事。

母語是根深蒂固，緊急脫口而出往往是母語，像音樂人即使在西
方，內心數的拍子是自己的母語而非英文。華語英譯為 Mandarin 滿
清官話，是台灣政權的獨尊，台灣、客家、原住民等均是次等語言。

世界各地大多採用雙語政策，除英文也重視母語，將母語趕盡殺絕，台灣算是數一數二。50 年代台灣的國語政策效果，在台灣講台語是文化弱勢。住本島尤其北台灣人，不懂台語只會講華語，而移民北美的台灣家庭，只會講台語和英語卻不會講華語，形成有趣對比。

大部人認為，台語是福建語也是閩南語，是中國的方言，其實非也。台語有外來語，包括荷蘭語、西班牙語、日語和平埔語吸收作伙，這是閩南地區無法聽懂的語言。比如茶的發音 te，法語和台語相像，因為航海時代，茶葉自東方透過貿易輸往歐洲；麵包發音 pang 和葡語相同，台灣無麵包，pang 變成台語的外來語。台語中也有許多南島語根，比如吸奶一詞，台語發音 su lien，英文發音 suckle，布農族、卑南族、印度尼西亞發音 susu，菲律賓發音 suso 等等。

「國民政府獨尊華語，結果台語留落來只是一寡日常用語爾爾。」楊醫師發出內心的憂患。

有關台語，阿子分享《井月澎湖》兩段得獎趣聞，當她接受吳濁流文學獎用華語致答，主持人巫永福當場斥責她是澎湖人不會講台語？眾目睽睽之下她舉步維艱步下舞台；獲高雄市文藝獎，頒獎前市府請她到辦公室，要求她改寫因她使用太多台語引起爭論。評審之一葉老說話了：「中國許多文學名著《水滸傳》、《紅樓夢》，均採方言但並不失其文學價值。」撰述久遠的年代歷史，阿子強調先祖所講的語言是台語，為求真實小說的對白，自然採用台語。

近幾年楊醫師靠助步車走路，並未稍減對公益的熱忱，從一草一

木到大眾的人文，不只豐富加國多元的內涵，也提升台灣的能見度。鼓勵加國台裔後輩是日常，更不時用勇者、仁者、醫者的精神陪伴台灣人在加國的各項活動，如台加文化協會、台灣文化節等等。

「生活在這个所在，享受加拿大的福利，若無認同這個國度，真心參與本地的事務，每日單那關心台灣，若按呢，汝就無資格批判台灣戰後來自中國的人，講伊是食台灣米、lim 台灣水，心猶然是對岸中國。」楊醫師娓娓道來自己多年經驗的分享。

「其實，為本地做事，和為台灣做事，並無互相排斥，當汝為本地作代誌，主流社會認為 You are one of us，汝是和伊相像的人。阿子和 Patty 的後生透過音樂和愛心回饋這个社區，就是真出色的榜樣。」

菲傭端茶出來，楊醫師喝一口繼續說：「晉前電視媒體 CBC 和主流報紙，對農曆年報作 Chinese New Year，我感覺應該是 Lunar New Year，我連鞭向政府投書建議，結果對方用專題作學術研究，專程處理這个議題。為這个國家作代誌，自然會收著尊重。韓國、越南、新加坡、印度尼西亞、馬來西亞、泰國，柬埔寨、澳大利亞、菲律賓等等攏咧慶祝這日，但是遮的人攏不是中國人。」

「這幾年我看到的媒體，已經改作 Lunar New Year，原來是楊醫師的建議。」大家異口同聲。

楊醫生坐在輪椅依然神采奕奕，這是十幾年患漸凍人罕有的現象，每樣遭遇都是上天的禮物，行動不便還能自己淋浴，就有無限的

感恩。溫哥華本拿比幽美森林墓園 Ocean View，雙親和愛妻都在那裡，他備一份在旁，阿子說該園就在她家不遠處，老公已住進去，她的名也備在旁。名望在寒風荒蕪凜冽，渴望沉靜綠蔭山谷，Ocean View 是肉體流轉的最後一站。

「焦慮不一定只是黑洞，應該也是生命的禮物，它可以引領真實的自己，甚至覺察本身擁有其他人所沒有的特性。」這是瑞士心理學家榮格理論。

楊醫師早年回不了故鄉，他發掘自己那份特性，並將之使命般的奉獻。只是陸續雙癌凌遲，幾次大小中風，漸凍人試煉，又失去愛妻，愛情如此短暫，遺忘卻如此長久。曾經受過苦瞭解死亡的意義，知悉自己流轉於黑暗又明亮的宇宙，榮格理論在楊醫師的行事風格找到了印證。

人間事不必思索太多，愈思索真理離他愈遠，人類從來就跟自己想像中的不一樣。歐洲早期小說家看到人類困境，建立一種新藝術就是小說藝術。西班牙塞凡提斯創造的人物——唐吉訶德，就是未曾看透世界，連自身都無法看清的角色。20 世紀俄國小說家納博科夫卻說《唐吉訶德》是一個童話故事，就像《荒涼山莊》、《包法利夫人》、《安娜·卡列尼娜》都是優秀的童話故事，倘若沒這些童話故事，世界就會變得不真實。

所以呢，管他什麼台灣有個歹厝邊或黑名單藍綠之爭，暫且來一番「非想非非想」，那是一種修行，既不理性也不感性。進入反騎

士唐吉訶德童話世界，漫遊久違的生命真實，世界並沒有那麼慘不忍睹，即使歸不了故鄉，也能活出另番精彩風光。

「逐家移民來加拿大，有感覺幸福無？出世佇這个民主自由的國度，是幸運的人，雖然咱無出世佇遮，但是生活佇這塊土地全款是有福。逐家應該關心加拿大的事務，畢竟這跡是咱安身立命的所在。」楊醫師以長者的關切，最後使用台語詢問來訪者，她們頻頻點頭。地球是圓的，好比加國最東之點東海岸斯必爾角（Cape Spear），是地球表面終點也是起點。把自由當成祖國就不會有鄉愁，唯有土斷才能在異地生根，否則永遠像浮萍居無定所。

02

台灣，
世界的答案

> 列寧的雕像倒了，普希金的秋天留下了；
> 蔣介石的雕像倒了，
> 柯旗化的自由歌聲留下了。

◆ ◆ ◆

　　如果眾生皆自由，世間就成淨土，如未全面自由，就成了佛的鄉愁。這個結局從哪裡開始，有人說是亞當、夏娃和智慧樹上的蘋果，那是《聖經》說法；有人認為禍首是普羅米修斯，從宙斯那兒偷取火種給人類，惹惱了諸神，那是希臘神話；從佛法來看，娑婆世間很少有人知道自己的曾祖是誰，那麼曾曾祖就肯定不知，但是他們也有父母，如此推算無量無邊，因此可以深信你我無始劫以來早就存在，所以世間有五陰十八界，乃至十二因緣等等的延伸。如此一線牽，牽出層層藕斷絲連、因緣果報的混沌世界。

　　所謂混沌，先叫老鼠出面比喻一番。老鼠求生的本能，自然吃人的食物，人類就說老鼠是小偷人人喊打，但是人類偷蜂蜜卻誇蜜蜂的

勤勞。來換一個角度，如果蜜蜂說人類是小偷，老鼠誇人類很勤勞，應該也很合理，所以世間沒有絕對的正義和邪惡。但還是情不自禁想問佛，世間為何有那麼多遺憾？佛曰，娑婆即遺憾，沒遺憾，給再多幸福也體會不出快樂。

這世間佛陀來過、耶穌也來過，他們都能放下，想想因陀羅網的境界，當中存在相互認同和相互因果的關聯。既然人身難得，也不想留太多遺憾，如有鄉愁就把鄉愁當成養分灌溉眾生就自由了，不能等到人生不再有艱難，才決定要活得快樂。那麼來看看有否叫人開心的事件，2021 年溫哥華市議會通過，將與高雄締結友誼城市，對於出生高雄流轉到溫哥華的人，那可是天大的喜事。

台灣和加國無邦交怎有如此結果，其中應牽涉相互認同和因果關係。在台灣，找到了世界的答案，那是講求為弱勢發聲、轉型正義、族群融合的《台灣文化節》主旨，這對強調個體和多元的加國有實質的認同，也讓加拿大不僅看見台灣，而是需要台灣。堅持自己的聲音也要聆聽他人，這是文化節始終努力的目標。2014 年中國刻意在多倫多舉辦《中國文化節》相對抗，結果只辦一屆就結束，因為中國現出泱泱大國態勢，和別人交涉自然以上對下的慣性，展場一大片五星旗極力展現雄武霸氣，在多元民主自由的加國誰理你這套？這像極了弓箭互動專制模式，威權對人民說，就像弓對箭講，你的自由屬於我的（圖 5, p.258）。

文化節主辦人說：「世界需要台灣，感謝加拿大讓我發現這祕

密，一個在加拿大的台灣文化節有什麼了不起？舉辦二十幾年來，不只是一項活動，更是一場運動。我不是 Chinese，我是 Taiwanese。」他從身處異鄉重新認識台灣，才發現台灣比想像更巨大。他告訴自己要當一個人名字叫台灣，這正是每個美麗島人流轉到北方國度的共同理念。面對國際一個中國政策，台灣該如何突圍？時代唯一不變的就是變化，不想凡事都贏，才能贏面更大。

　　台灣文化有許多元素可與現代藝術結合，傳統燈籠結合北美原住民繪畫，客家花布搭配西方古典建築，柴可夫斯基《胡桃鉗》可現身於台北大稻埕，不斷嘗試新可能，是台灣通往世界之窗的鑰匙。2021年文化節以高雄為主題，不僅請高雄市長致詞，也有溫哥華弦樂團 Harmonia 演奏高雄音樂家李哲藝的台灣旋律，將高雄與溫哥華兩個太平洋港都城市藉音樂連結起來。在宣傳真理的功效，音樂勝過一切智慧和哲理；拉小提琴的人和主導人都出生在高雄，藉血緣關係格外有溫度。

　　這年以旋律貫穿 Formosa 吟唱寶島聖歌，將台灣史和音樂整合，填充流轉在他鄉的台灣子民，也讓世界看見台灣海峽的美麗島嶼。久遠世紀葡萄牙水手遠航東亞看見台灣喊出福爾摩沙，幽明中如虛幻，無論錯誤或美麗，16 世紀葡萄牙與台灣之間的史記，向來就曖昧不清。跟著加拿大台裔音樂家 Kim 的指揮，進入幾世紀台灣流轉的歷史。他持著指揮棒說，因為母親是台南人，很多曲子都和台南有關。南台古都始終扮演歷史關鍵，常是藝術創作的題材。樂音潺潺流出

《安平追想曲》,一首老歌追述荷蘭醫生和台灣女子的愛情故事。

同一缺口,一個有心無意被留下為人子孫的阿子,她看到先祖荷蘭士兵與澎湖姑娘的異國戀情,因為明朝反對與荷蘭通商,任命沈有容到澎湖驅逐荷蘭人。那心力交瘁的外埡許氏姑娘產下的愛情結晶,正是阿子的外曾祖。戰爭不斷複演,人們在殘酷中起伏,那血淚史只不過變成文字,但是阿子不斷觸摸那永遠隆起的血緣,像汪洋大海源遠流長,繚繞著岸邊的風景。

交響樂曼妙轉向 1877 年在莫斯科首演失敗,1895 年再演大為轟動的柴可夫斯基《天鵝湖》,這年正是台灣人抵抗日軍殖民台灣的紛亂,選這首用心穿梭歷史,讓聽眾憑藉時光隧道探索,以舞蹈呈現美麗島嶼被殖民的年代,是一場台灣印記。1895 年到 1945 年糾葛日本和台灣之間,如再加一個中國觀點,形成台灣人親日,台灣人親中,台灣人就是無法親自己。《綠島小夜曲》的泣訴,政治犯柯旗化的冤屈由遠而近,如大地迴響用幾乎被遺忘的語言,低吟一些古老的歌謠。

二戰終結,台灣人沉醉自日本殖民獲解放的喜悅,但不知將淪為中國的殖民。一個英文教師,被扭曲成思想犯,曲子迴旋著柯旗化的台語詩〈台灣四百年來,攏是外來統治者做頭家,咱做奴隸。伊叫咱講國語,連鞭是日語,連鞭是華語,單那袂使講咱的母語台灣話。〉日夜囚禁的折磨,化做台灣人的見證。那個年代,台灣子弟幾乎讀過柯旗化英文文法,獄中不斷修改的這本書,卻是這個苦難家庭經濟來

源。證明造物者的慈悲，一扇門給封死，開另一扇窗戶給予呼吸。

　　不止台灣，世界陰暗角落，不斷演出同樣戲碼。薩爾瓦多，位於中美洲和台灣相似背景的國家，都發生過大屠殺鎮壓、白色恐怖、黑名單、暗殺、假選舉真作票黑歷史。薩爾瓦多神父奧斯卡（1917～1980）被軍政府暗殺，他生前說讓他的血成為自由的種子。2010年聯合國將這位神父受難3月24日，訂為追求真相權利與維護受害者尊嚴的國際日。

　　德國人從不潑漆希特勒署名的鐘，沒人會攻擊歷史遺跡，因為這是德國僅存的希特勒歷史遺跡，德國轉型正義清楚審視歷史責任問題。台灣228和德國納粹大屠殺，無論多麼恐怖慘烈，依然像某次戰爭，幾十萬人在殘酷中滅絕，對於不是受難者家屬，這種苦難離現實太遙遠。而今在異鄉的台灣文化節，悠然的旋律找回澎湃的記憶。台灣228事件不該被遺忘，11月加拿大國殤日，人人胸前一朵罌粟花，2月台灣人胸前也該有一朵百合花，讓歷史成一粒深鎖記憶的金果（圖6, p.259）。

　　納粹集中營最後一個離開世間，1986年獲諾貝爾和平獎的猶太籍Elie Wiesel（1928～2016），以文字記述倖存的經歷，為600萬名大屠殺喪生者的回憶而奮鬥。他走了，他的作品留下來了，為死難者作見證。列寧採取暴力推翻資本主義，締造馬克思列寧思想，主張用人類全部知識財富豐富自己的腦部，中國是第一個受其影響成為共產國家，而且還持續在人類星球擴張中。

「歷史有太多的帝王，而歷史上的貝多芬只有我一個。」當德國作曲家貝多芬拒絕起立拍手向國王致敬時，他自豪的如此說。政治權位和藝術文化的效果，經過幾世紀，貝多芬作了很妙的詮釋。

「柯老師，您接受生命的苦和樂，足以光耀世界舞台不倒的台灣魂。而柯師母，我回台灣她一定來為我加油，至今我還在享受師母的愛。」阿子喃喃自語擦拭淚水，步出音樂會場。

列寧的雕像倒了，普希金的秋天留下了；蔣介石的雕像倒了，柯旗化的自由歌聲留下了。

03

地球會迷航，
意志力絕不迷航

我從哪裡來，我的母土在哪裡，
我是中國人、日本人、台灣澎湖人、
或是流轉的地球人？

◆ ◆ ◆

台灣澎湖子弟李祥，阿子的祖父，1896 年春末搖櫓小帆，離開
出生島嶼外塹社到媽宮港，再轉大船三天三夜，乘風破浪到台灣打狗
港哨船頭。懷抱熱力參加抗日義軍，隨著十二虎之一的黃國鎮，圍攻
嘉義城之際，遭日軍突圍，抗日失敗後逃至中國尋求庇護。血氣方剛
遇不合理就暴跳如雷，受不了祖國中國累累拋來的教訓，失望之餘，
選擇從事走船，浪跡天涯。

1945 年日本投降，他已步入老年。1948 年這位被時代追趕的
人，最終踏盡紅塵，吾鄉就在原先出走的地方，他從天津搭乘海蘇號
又流轉返回台灣。強勁的太平洋流，輪船一路捲起的海湧，滾滾浪潮
形成長串的問號。我是誰，我為何而逃，我從哪裡來，我要到哪裡

去，我的母土在哪裡，我是中國人、日本人、台灣澎湖人、或是流轉的地球人？

阿子奔流著緣起的血脈，像詩中對母土的情懷，想起祖父流轉在外，祖母在外垵獨守空房，常藉著月光，提著滿籃衣衫，挪步至古井邊洗衫。人好比月娘，在水裡缺了又圓，圓了又缺，依著風流始終擺盪。經過一世紀多，阿子移居加國譜著先祖同樣的旋律，憶起那久遠的年代。她祖父李祥終戰前投到祖國水深的懷抱，終戰後日本戰敗，祖父又從中國回到火熱的台灣，由戰敗國變成戰勝國，是悲是喜，是混沌是清明已無界線，唯一清楚，活著就是最真實的勝利。然而，活著又是另一種生活的熬煉，家族國族的恩怨排山倒海，傾其黑暗趨向光明，同時盲目邁向死亡，這就是祖父李祥的命運。

「阿爹彼个唐山來的好友蔡先生，聽講是共產黨，已經予官廳掠去矣，阿爹毋知會牽連著無？」

「想講日本人返去，國民政府來，台灣人就會翻身，看這款扮勢，是青盲掛目鏡，無路用啦！」

在台灣島嶼一個暗夜裡八疊榻榻米的角落，李子山和許秋素驚惶憂愁的對話，還有他們女兒阿子三不五時胃食道逆流。那段暗夜裡的翻騰，尚來不及卸下恐慌的重擔，又傳出祖父被槍決在打狗壽山腳看守所，亂紛紛的收到通知要李家人去收屍。

國際漂流文學，探討移民與原鄉的相對位置，可以咀嚼一個英文字 Diaspora 漂流，離散的猶太人，延伸至任何民族的大移居，全世

界都有國籍更換，造成身分認知的混淆。奧匈帝國猶太作家卡夫卡的城堡，在他日夜想望查理大橋對岸的古堡，那無法逾越的國家體制，象徵虛幻混亂的世界，城堡雖近在咫尺，但至死都進不了城堡，人心始終在流轉中擺盪。台灣鍾理和的原鄉人與吳濁流的亞細亞孤兒，他們都無法成為日本人，又排擠中國人之外，他們到底是哪裡人，無法依循的訊息，是錯亂的符號，瞞騙凡人的眼睛，是地球迷航？

李祥由澎湖外垵流轉到台灣本島、中國天津、海南島，就像猶太人因德國納粹極度迫害，到處流蕩。但是世上一團團流浪者，在歷史時鐘裡，留下綿綿滴答的足跡聲響。李祥只是被懷疑有個共產黨朋友就被槍殺在高雄壽山監獄。當初蔣介石的漢賊不兩立，不知殺掉多少冤魂，把台灣變成國際孤兒。幾十年後，台灣國民黨卻想與中國共產黨成為好朋友，一路反覆顛倒，叫臣民無所適從。無論知或不知，主要問題坐在王位者，因無知就能表示清白，對臣民不負責？

不論有意無意的不知，國家幾十年、幾百年、幾千年都失去自由，如果他們有眼睛，該把雙眼刺掉，遠離自己的國度流浪去。希臘神話國王伊底帕斯，因不知他娶的是自己的母親，無法忍受「不知」所造成的後果，於是刺瞎雙眼，從自己國度出走到處流浪。

眾生皆苦的根源是什麼，希臘導演拍攝《永遠和一天》象徵希臘傳統的追尋，及希臘面對現代的迷惘，拜占庭風格音樂迴繞流亡的左派、流浪藝人、孤獨的詩人回憶昔日風華。或許每個人都認為自己有明天，但這些被時代追趕者的明天，卻比永遠多一天，他們認真的活

在當下，他們的一天便是永遠。人類不斷有人度過荒蕪年代的沙漠，到達那圓滿成就的剎那，不都在困頓的孤獨中完成的？

以色列是民族大家庭，猶太人在二千年前被驅出以色列故土，後來流散到其他國家，主要在歐洲。長期流亡國外，對愛讀書的猶太人來說，歐洲的定義不在於國界，而在於多元文化，當然這得靠閱讀增長多樣文化。儘管歐洲凶狠叫猶太人傷心欲絕，但猶太人的信念始終如一。創立19世紀末的猶太復國運動，這個失而復得的猶太國家以色列，才是歐洲真正的心臟，而這澎湃的心臟，長在母體之外。如同台灣人沒住在台灣，住在世界各國，他的心臟也不在母體之內。

除溫哥華楊醫師一夥被列為黑名單回不了台灣，李祥，不也正是被時空綁架的澎湖人嗎？海水是島嶼子民的懷抱，群山是原住民的聖山。長年流轉在外，台澎已非身在其中的熱絡，是愈來愈純淨抽象，思念回憶已成為身體一部分，也說不出所以然，只覺得願為那塊島嶼全然付出。井月澎湖，一井水，一世人；井月流轉，似水年華。地球會迷航，意志力絕不迷航。

04

三位台灣女子在溫哥華的
人生回顧

三位人三款人生，

她們對政治有著警醒的頭腦，

以及一個共同的心願，不再有戰爭。

◆ ◆ ◆

　　她們不僅有相同原鄉，還有共同為母則強的寶箱，各自掀開各有的風景，兒子算是第二代移民。

　　「Patty 後生 Kim 是台灣的驕傲，彼場音樂會和歷史作結合，害我流袂少目屎。」阿子說。

　　Kim 的恩師是日本指揮家小澤征爾的同門師兄，音樂的精彩來自悲劇，小澤征爾現面對死亡，自然引出宇宙的靈性，像 Kim 背負重大任務，就引出台灣歷史的面容，給世界各色人種，透過千人音樂會看見台灣。他也時常聽母親頻頻的囑咐，要多回台灣認識自己的臍帶文化。

　　臍帶文化的價值，存在世界各個角落。在溫哥華蕭邦協會策劃

下，一部蕭邦 18 世紀鋼琴比現代鋼琴少了 6 個琴鍵，作一場很特別的比較，特邀波蘭鋼琴家彈奏同是祖國作曲家蕭邦作品，雖然現代樂器華麗許多，但同是波蘭人那特有的波蘭韻味就表露無遺，好比台灣人唱台灣民謠會比老外唱台灣民謠有味道，既使老外唱得比較好。

「Angela 的後生研發 Vega Health foods，已被美國公司以美金 5.5 億收購，台幣 200 億耶！」同為母親，阿子向另位好友祝賀。

「阿子，汝才是阮欣羨的老母，後生隨時陪汝旅行，阮想欲和後生食一頓飯都困難。」兩位母親向另一位母親說。

「啥人叫恁後生這呢傑出，傑出到變成國家的財產。」阿子說。

「阿子，汝才來二十幾冬，應該無真正吃苦過，阮移民來五十幾冬了，後生攏佇遮出世受教育，彼當時阮攏列入黑名單，汝是無法度體會彼款烏暗的滋味。」Patty 和 Angela 異口同聲向阿子訴苦。

「恁兩位後生，攏會佇台仔頂講出感恩母親的栽培。」為母者侃侃而談第二代的成長苦壯。

時光不斷奔馳，挾持順逆流的湧動，在地球的光裡，在人類的愛中。溫哥華具多樣人種，以她們接觸範圍，又天南地北相較一番。

「韓國人講自己無一定愛吃泡菜，但是拍開冰箱攏是泡菜的味。」

「日本人和韓國人有差別，單就捐獻的習慣，就看出無仝的民族性。」

「日本人有眉有角，無隨便提錢贊助和自己無關的活動。」

「韓國人愈嚴重凍酸，韓國人和中國人較相像。」

「上會捐錢的人種，顛倒是香港人和台灣人。」

住異鄉觀看各國習性，是一種趣味的生活比較。單拿印度人和義大利人來說，他們不接受外來飲食，不知什麼叫飲茶（dim sum）或水餃（dumpling），許多種族大都生活在自己的文化社區。

「素里地區印度人真濟，袂少印度博士攏咧開計程車。」

「確實，東方人在西方世界搵頭路，是無簡單！」

「阿子的後生，有真好的頭路在溫哥華，有夠幸運。」

「是呀，我嘛不時感恩。」阿子說完，正要對另兩位恭喜她們兒子更有成就，卻聽到她們異口同聲說：「阮是外國人的母親。」

「外國人的母親？」阿子頓了一下才恍然大悟，她們兒子出生在加拿大，受的是西方教育，對台灣人來說加拿大就是外國。2008 年獲諾貝爾化學獎得主是美籍華裔人，他直言自己是美國人非中國人。他出生在美國，他的母語是美語，他當然是中國的外國人。

「妳們有聽過一個字 Microaggression？」阿子突然想到什麼似的這樣問：「西方很流行這個字，它的意思是有意無意用語言或肢體，表示對種族的歧視，常發生在無形中，因為微小就會被忽視。」

其實西方人自古以來就有優越感，他們寫歐美以外文化，多半以遊記或風土人物誌傳述，到十九世紀末至廿世紀初，西方作家則喜歡以「野蠻對文明」自以為文明人的二分法看待以外的異質文化，可是廿世紀中期以後，他們開始承認一旦褪去了文明外衣，卸下了白人統

治者面具，剩下來的根本僅是人性，而非種族的問題了。這三位東方女子住在西方，多少感受到這微妙的覺知。

「我有真濟感想，但是無才調親像阿子寫出來。」

「寫小說和蛇專家耍蛇真相像，後來被蛇咬死。」阿子幽幽道出寫作的不歸路。

阿子曾以小說探討婚姻人性議題，卻遭到讀者詛咒，罵她不得好死，大概作者觸到這個人見不得陽光的傷口。寫小說虛虛實實，不同於報導文學的紀實，她也將另一篇小說主角神格化，害小說迷陷入情關，搞得差點起家庭風暴。人性黑暗幽微，只是作者的慈悲不忍，塑造主人翁的吸引人，是成功或是失敗，只能讓時間去漏斗了。

讀者先生，現在寫的可是小說，虛實之間正在遊走。小說家得具備想像翅膀，不斷的組合連接，情節才能高低飛揚。但是已不敢隨意說不真實的事，因為到最後都成事實。上天賜給創作者此項功能，同時也折損他的體力和生活品質，這是沒寫過長篇無法體會的真實暴風雨，更期望用同理心看待歷史不含政治。法國作家格里耶稱將作品寫好就是政治參與，然而哲學家沙特反對提倡作家可參與政治。不管是或非，創作這件事，就像燃燒的木塊交雜驚喜和痛苦，金光閃閃的花蕊同時也步向死亡。有陰有陽地球才得運轉，好比有燦爛就有死亡。

加拿大，真摯的北方，強大而自由；福爾摩沙，自由的海翁，世界的台灣。此岸彼岸相互循環，三位母親腳踏加國講的是台語。源起的故鄉，居住的家國，橫跨太平洋，像日月同體不斷的輝耀，只是

輝耀中有陰影。中國大陸軍機時常繞擾台灣海峽，中國國內多項不尋常，其中之一上將張旭東的死亡，習近平幾年不出國，北京當局是在進行戰前總動員？北歐情勢更是越演越烈，俄國普丁進攻烏克蘭，也導致全球糧食危機，接下還沒完沒了，普丁的下一個目標就是芬蘭。

「去打戰和去戰死的人，都是老百姓的孩子，戰爭是去殺完全不認識的陌生人。」

「戰爭是政客送出槍彈，富人送出糧食，窮人送出孩子。」

「戰後政客接收勝利的果實，富人耕出更多的糧食，窮人尋找自己孩子的墳墓。」

「沒有一場戰爭是正義的，戰爭是人類的大浩劫。」

美麗島嶼星散的海域代代相傳，三位三款人生卻有很多相似，她們有著相同思考模式，相同面對衰老，對第二代有同樣期許。她們還有同樣不知疲倦投入社交活動，對政治都有著警醒頭腦，以及一個共同心願：不再有戰爭。

總裁獅子心，
黃金時光的趕路者

• • •

上天給他得癌，讓他創造一切，

將慈善發揮到淋漓盡致；

這個業讓他組成一切，

有如輕巧舞蹈家飛舞到最需要協助的偏鄉東台灣。

01

查拉圖斯特拉如是說

偉大的星球，若沒有被他照耀的人們，

他的快樂何在，

他感恩讓他可以發揮任務的普羅大眾。

◆ ◆ ◆

他已經七十幾，得過癌只剩一個腎，別人為他擔心害怕，他卻步步放落過往輝煌，邁向淬鍊懷抱眾生。尼采的《查拉圖斯特拉如是說》一千零一個目的，為著忠信即便惡事流血犧牲，卻可用這教訓來滋養陷入工作。尼采說沒比熱愛工作更偉大的權力，善惡便是這工作的名稱，而這名稱就是他到東台灣獻出自己為土地種善和希望。

他如是說：如果上帝要給他 10 年，讓他回到 60 歲，他無意願，如此就沒有公益平台；如果上帝要給他 20 年，讓他回到 50 歲，他無意願，如此就沒《總裁獅子心》以及 10 本書的出版；如果上帝要給他 30 年，讓他回到 40 歲，他無意願，如此就失去推廣台澎到世界的機會；如果上帝要給他 40 年，讓他回到 30 歲，他更無意願，如此就

沒有亞都飯店。

尼采**翻轉**西方傳統精神，對所有價值進行重估，動筆寫《查拉圖斯特拉如是說》，譜下自由主義的人性壯歌。隔絕一切小小的勝利，期待偉大的命運，因為誰能在勝利中不致被征服，誰的腳不致因勝利遺忘了怎樣站立。因此，儲存最後精力勇猛堅忍，你將成為老水手，縱然海在咆哮，許多人要仰賴你的幫助，引領他們端正的勇往直前。於是在那裡，比海的風暴還要劇烈的，是不懼困難的洶湧者。

如何洶湧，這位不知海深浪高的洶湧者，他要先談教育是什麼，教育有什麼好處，只是好或壞總是掌握在一群決策者。傳統已無法適用現今社會，他知道美麗島嶼教育問題所在，當初他頻頻提出解救辦法，等被官大人拒絕時，事後只好用豬頭自我消遣。有時不死心還戀戀提出建議，甚至提出自己的著作《教育應該不一樣》找教育部長商討，結果又做了一次豬頭。

教育不是對事實的學習，而是對思想的培養，制式的考試正是逐漸抹殺思考的種子。這位豬頭忘記身體已剩下一個腎，還是下定決心到台東設一個公益平台，推廣政府無法做或不願做的理想。公益平台一路走來，盡可能畫下最大圓周，堅定為太平洋東台種下希望，雖然無法改變所有人的未來，或許可讓偏鄉東台不一樣，甚至有一個模型給有一天政府想通了可以複製應用，讓教育真的不一樣。

台澎廣設大學讓孩子取得學歷，卻沒有思辨能力，評審制度又盛行，被評差的老師，還會被校長請去寫悔過書。給學生一把武士刀，

卻沒先教他們什麼是劍道。會因學生的為所欲為毀掉老師的熱忱，同時也毀了學生自身的受教權。如果想讓所有事情看起來合情合理，也許可以使出人性的本能圓謊，古往今來許多政客不都這樣登堂入室？教育是百年樹人大業，國家基石豈可敷衍了事，這也正是這位豬頭始終憂心的大事。

舉音樂科系來說：民族音樂，是各國的民族音樂，台澎就是原住民音樂。在印度，音樂系教的是印度音樂，把世界音樂分成南印度樂、北印度樂和非印度樂等三種。而日本，教的是日本傳統音樂、西洋音樂和民族音樂。但是在台澎，音樂系教的是西洋音樂，把台澎自己的音樂叫傳統音樂或中國音樂。台澎是一個多元社會，但多元是互相尊重，做一個文化決策者，自然要有重點，台澎就要以台澎這塊土地音樂為主，然後才能創出自己的文化特色，真相就在特色之中。

為翻轉傳統精神，對所有價值進行重估，他動筆寫另一本書《你就是改變的起點》，不僅批判更是鼓勵大家捲起袖子，在自己的專長中找到奉獻的力量。在雜亂拓荒的年代，看出問題並不難，找出解決辦法也是可能，難在於捲起袖子，真正去解決問題。台澎是無比的自由，但台澎人真正自由嗎？真自由是來自察覺和行動，人因為經常無知，所以不能察覺，解決問題的答案，不是政府，不是立法院，不是媒體，而是你我之間。

於是他感受到必須起而行，而非建言而已，特別是要做機器人做不到以及政府不做的事。他念茲在茲的教育應該不一樣，幾年努力

下，讓上課更多元的翻轉教育在台東偏鄉落實了。這種教育主要捨棄
制式的課本，重視生命韻律和大自然的配合，漸漸看到一股改變的力
量正在凝聚。

　　台澎歷經多次被殖民，每一新殖民者，都把前統治的痕跡幾盡
消除。於是華毒消除先住民文化，清國同化平埔，日本皇民化台澎慣
習，大中國思維摧殘台澎文化，這些印證了政治的短視。文化正好和
政治相反，只有文化才能將相互的排斥變成相互的包容。透過文學、
藝術、科學方面的修養，始終被政治魚肉的子民，才得以有喘息的空
間，也是自認豬頭的他，努力的方向。

　　進行策略中，有幸遇見台澎宜蘭耕耘 20 年的華德福學校，將此
理念引進這位豬頭所創辦的均一中小學。英文是重要語言，在台東一
步一腳印耕耘政府不願做的理念，整合民間資源，透過啟發式教育帶
入國際。善用網路讓孩子自己寫程式，不要只會滑手機，使學子做胸
懷世界的知識公民，同時給偏鄉孩童得到均等的學習空間。日光和月
光相輔相成，現出無比的舒暢遼廣。許多官人以為自己是在思想，但
他們只不過在調整他們的偏見。這種低等協作的社會，也就是政府所
辦的教育，有可能和有心人的真我所辦的教育是迥然相異的。

　　種姓制度鑲嵌社會階層的印度，近年來也透過非營利教育組織
「和平天堂 Shanti Bhavan」，消除世代相傳的貧困現象，這和均一
學校翻轉教育有異曲同工之妙。不管人類的政府、企業、媒體、宗
教、慈善機構變得多腐敗貪婪殘酷，只要還存有利益眾生的初心，人

類依然扣人心弦。

　　人生有兩座山，第一座山「履歷表」和第二座山「追悼文」，前者以成就征服世界，後者以美德感動人。生命到某一階段，該聆聽第二座山的召喚。當世俗成就不再滿足，如何找到生命出口，如何重新和世界聯結服務他人利益眾生。這種無我境域，非天賦更非光環，是一顆修練的心，最後連這座山都要捨去，因在過程已得到充分的心靈回饋，他開拓東台公益平台，正是這種近乎佛的人生取向。

　　而今踏上東台，許多景點不斷閃過腦海，池上藝術季、金樽衝浪賽、鹿野熱氣球嘉年華。原本偏鄉形象，經過他有心經營，台東已蛻為國際城市。所謂正確判斷不光只是聰明頭腦或豐富知識，而是心中有座指標，那是從內心深處而出的善惡規範。偉大的星球，若沒有被他照耀的人們，他的快樂何在，他感恩讓他可以發揮任務的普羅大眾。

　　《查拉圖斯特拉如是說》是西方尼采超人之歌，強調他已厭倦智慧，像一隻蜜蜂收集太多的蜜，需要那些伸出來索求的手。而東方總裁獅子心，躍向東台澎，用生命慈悲喜樂他人，是別人的救星更是自己的救星，得癌後的他益發莊嚴英俊。日夜星辰，眷顧路旁青青草原，他的夢在盛放的花叢裡實現，東西方超人，同時輝耀這個星球。

02
黃金時光的
趕路者

創造者是剛強的，
因為他把手印在千禧年，
如同寫在青銅。

◆ ◆ ◆

「這次返台，到台東拜訪汝的老長官嚴總裁。」阿子對兒子說。

「伊的團隊攏是付出，咱袂當奉獻啥，恐驚會增加伊的困擾。」蘇成有些猶豫。

「幾年前遇著伊，是伊腎癌開刀後，準備退休欲搬去台東。」

「在台北我作伊的部屬八年，到現時伊的理念對我，無論在職場或者生活攏用會著。」

「竟然有人影響汝赫深，所以我愛專程去感激伊。」為母者準備著行旅，一面回憶著：「十幾冬前伊全家移民來溫哥華，咱兩家作伙食飯，伊將汝欲請的錢硬塞入汝的口袋仔，疼惜晚輩的形影使人感動，後來伊閣搬返去台灣矣。」

　　阿子在台灣和嚴長壽第一次見面，是嚴總裁出版《總裁獅子心》，而阿子出十幾本書，除那本歷史小說之外，大都一刷而已，但是嚴總第一本就造成轟動，成為台灣出版史的暢銷書。

　　「歹勢！在大作家面前講冊。」當時他哈著腰謙虛的說：「這世人無想著會出冊，彼是當年對一群少年朋友的演講，出版社希望用《總裁獅子心》出版，我感覺標題有霸氣，但是編輯講予少年人讀就是愛按呢才有力。」這些對白好像就在昨日。

　　這時溫哥華窗外楓紅橫飛，這趟回台澎老母享受商務艙，抽到獎和出錢的人反而坐經濟艙，感受家庭女性的特權。只是如何使一家人座位靠近，母子在電腦前操作機票事宜，一下就處理妥當。

　　「就按呢簡單？我毋知電腦會當處理，害我一直打電話，閣去旅行社請人幫忙。」老爸說。

　　「現在是啥咪時代，閣用傳統的方法，笑死人。」父子代溝的爭執又來了。

　　去年大年初一小子在醫院當義工度過，之前因老子在醫院倍受照顧，他要去報答，小子被公認孝子，但跟老子鬥嘴也很厲害。通常父子衝突，為母者自然站在兒子這方，本來生命中的輕和重無界限，寬宏是唯一能化解溝痕。然而老子的行住坐臥之間，卻教會了這家子什麼是真愛。

　　連綿的鄉情，一架波音787從溫哥華飛向台灣，穿過雲端劃破寂靜的夜空，睡眼惺忪的蘇成講了一個冷笑話，說他做了一個夢，他在

吃鬆餅，醒來時毯子不見了，這意味著他老板在台東推動的公益夢想真的實現了？

是的，大地在綠草的幫助，有了綠意盎然的歌聲，台東公益平台不斷走訪花東偏鄉國小，為弱勢孩童請命，原住民、單親家庭、破碎家庭、隔代教養等等無數兒童受惠。當蘇成一家人踏上台東一說出要找的人，計程車司機馬上豎起大拇指，這塊土地經過嚴總有溫度的接觸，使得台灣最後淨土有了另種風情，而他所創辦的均一中小學，已成為在地的明星學校，司機以極敬仰語氣這樣介紹他們所要拜訪的人。

溫哥華和台澎的朋友時常對蘇成說：「有才華的朋友，攏予汝的老板召去台東作伊的天使。」很多志工不論從台澎或外國，都懷著熱情來到台東和嚴總一起燃燒各自專長，協助培養潛力無窮的學童。那天他們見證了學生親自創建的獨木舟下水，使海上漂流木成為部落興旺的柴火；用二手相機開啟孩子另一扇窗，讓原鄉孩童經由自己雙手找到尊嚴。從民宿和餐廳的輔導到教育長程的改革，以最自然方式，學會生活技能和美學欣賞，這是正統學校所沒有的課程。

「你們打拚賺錢，我來幫忙花錢。」嚴總常對大企業家如此開玩笑。

不要以為善心捐錢後就沒事，因為這些有能力賺錢的人，大筆捐款會造成弊病。金錢，如何發揮到淋漓盡致，公益資金如何在刀口上運用，是一門學問和智慧。

如得癌是註定，上天給他這個業，讓他創造一切，將慈善發揮到淋漓盡致；這個業，讓他組成一切，有如輕巧舞蹈家飛舞到最需要協助的偏鄉東台。到台東他感到無比輕鬆，因為有回家的感覺，原來有那麼多足以爆發出美麗花蕊的泉源，追尋到自己生命的圓滿和意義。每年都有人要幫他做生日，他說生命過得有意義，他每天都在過生日。

利益大眾是掃除一切惡業的掃把，壞運是惡業的果報。業，不是宿命，是創造性，賜給人們能量去改變。處於這些生命課題，他幫世人找到了答案。也就是說摘除腫瘤之後，生活必須壓低到最不忙碌的狀態，同時做了一個不一樣的選擇，與其消極面對餘生，不如更積極善用這段黃金歲月。因為這時歲月充滿人生閱歷，不必再為家庭奔碌，正是可以專注一事傾空自己，運用智慧人脈財富，以平台為媒捐出自己，成為黃金時光的趕路者。他消遣自己雙重性格，一個沒受過大學教育無自信的害羞者，另一個是不服輸的熱情擁抱者。

2008年從美國移居台東的畫家江賢二，在金樽規劃一座藝術園區，除展示自己畢生創作，也計畫邀請藝術家駐村，希望創作者在台東大自然找到靈感，而嚴總是畫家的後援會。有朝一日他們都會成為歷史，但那美麗記憶將留在東台，就像均一中小學永遠延續下去，培養更多年輕人。

幾年的投入，在翻轉教育翻轉人生看到了成果，已陸續有好幾個國家從事公益的遠方朋友，專程到台東向他取經。這天他已講一整天

的話，即使嗓子沙啞，談到教育和觀光，神情還是炯炯有神，現又試圖針對人類永續問題努力中，雖無法做出全面的改變，起碼有一個可複製的範例。蘇成一家人也剛從溫哥華回來探望他，倒真擔心患癌的身軀，可以如此操勞？

　　「只要還有貧窮，我就與之共苦；只要還有靈魂繫獄，我就無法自由。」政治人物可以在熱情如火的競選，發出如此悲天憫人的口號，這像戀愛中的甜蜜謊言，大可不必相信。但世上有一永恆不變法則，幫助別人實現夢想，比自己實現夢想更有意義。為何有如此剛強的意志，因為他把手印在千禧年，如同寫在青銅，比青銅還要剛強，還要高貴。唯有最高貴者，才是完全的剛強。

03

流轉的歲月，
無知的年代

世間的榮耀利祿，
如無慈悲和道德作翅翼，
算不了真正的勝利。

◆ ◆ ◆

我們感知父母祖父母都是人道主義者，所以身為人道主義者都會以先人為榮，佛法或《聖經》都說這是一件應做的善事。我們盡可能試著正派公平榮譽行事，如果沒有這些寶訓傳達其中的憐憫和同情，那麼人類和響尾蛇有什麼差別？

為什麼尋求獨立自主是萬惡，武力威脅是天經地義，難道要教下一代不要獨立自主，要學跟武力低頭？台澎人是古太陽帝國PACCAN 子民，有幾萬年的歷史，從考古、海底遺址、語言學、構樹原生種、以及大數據排比，證實福爾摩沙是南島文化源起之地，為何還跟中國扯不清？在加拿大舉辦台灣文化節每年只有三天活動，但足以影響人們的視野重新認識台澎。應用這個平台講出台澎自己文化

故事，也讓他國說出他們各自文化故事，完全釋出愛和包容。幫助台澎是結果，幫助他國是目的。當然其中不知體驗多少的無力，數不完被拒絕的經驗，同時也造就需要苦苦練功的空間。

　　娑婆世界越戰越勇例子很多，義大利盲人歌手安德烈·波伽利，出生即被診斷青光眼，在一場足球事故導致全盲。上天奪走他的眼睛，也親吻他的嗓子，最終成了全球唱片暢銷的歌手。而台澎不斷被中國打壓，面對這股強大逆流，台澎人更加倍應用智慧，向全世界傳達「我們是台灣人，不是華人」。且腳步穩定邁向康莊大道，讓台澎能見度在世界提升。

　　加拿大嚴謹的保護原住民文化，在台澎如用一個華人文化，就要抹殺其他不同文化的精彩，這是誰的責任？用世界的不同看台澎，用台澎的不同看世界，如此的易位思考，證明在異鄉努力呵護故鄉，對加國產生了影響。政治可快速解決問題，但歷史數據呈現政治人物不一定能詮釋台澎文化。拓展台澎國際能見度，民間外交有時勝過政府單位，就像嚴總在東台所辦的教育，優於政府所辦的教育。

　　阿子敘述住在加拿大的台澎人，如何為台澎打拚的點點滴滴，然後遞上她的書《日子的證據》給嚴總說：「這本冊用台文、英文、華文三種語言配合我的畫所寫的現代詩，內面閣有CD，我唸台語詩，姪女和蘇成姐弟分別用鋼琴、小提琴、大提琴伴奏。我時常唸台文詩分享予外國朋友，台文對西方人來講比中文和英文較稀奇和趣味，因為台文有八聲比中文濟四聲，是真婿的語言。」阿子說到此哈著腰翻

開書內一首《為何我用台文和英文創作》和一幅畫（圖 7, p.260）指給嚴總觀看。

　　每次回台灣到公園散步，隨時會聽到阿公阿媽都用生硬北京話和孫輩對話，足以證明台語將會像平埔語被消滅。1978 年獲諾貝爾文學獎以撒辛格（1902～1991），堅持用已死掉的意第緒語創作，因為意第緒語是伊的母語，也是世界唯一伊完全理解的語言。每種語言都是一個獨特世界觀，世界六千多種語言，一半以上逐漸消失中，當自己的母語被禁止過的台語，瀕臨世界危機的語言，會是如何的心焦如焚？

　　「以台文寫作，為台澎文學努力，足感心。」嚴總欣喜的說。

　　旅法導演陳慧齡從異鄉看故鄉，離開了才發現遠方海的顏色有別，也才驚覺她來自被世界遺忘，連自己都漸忘的島嶼。回到島嶼如習武之人日夜修行，目光所及寸土皆是練功的場域。在流轉的歲月，終於找到她所站立的位置，用十年譜一首安魂曲《給阿媽的一封信》，如觀音菩薩一千隻眼的看，一千隻手的描繪，讓一座歷經四百年殖民，近半世紀獨裁的島嶼與世界連結。

　　阿子被這個紀錄片不斷呈現的一首台灣民謠，啾出她滴滴無知的汗顏，驀然回首那流轉歲月，曾拒唱《一隻鳥仔嚎啾啾》，因為那是國民政府規定的禁歌。那個年代她思維的正歌是《中華民國頌》、《龍的傳人》、《三民主義統一中國》、《總統蔣公》等等。講到禁歌寶島歌王文夏被禁歌曲高達 99 首，他的《媽媽請你也保重》等歌曲被警備總部以思鄉情怯擾亂軍心為由，一禁就禁了 30 年。回首來

時路，無分辨能力隨波逐流，那是多麼的汗顏無地。

「真好的外交關係，我感受著台澎人在他鄉努力打拚的結果。」嚴總頻頻點頭。

活在當下，因為生命此時此刻正在流動，而現實已成為過去。蘇成瞄一下母親告白的面容，似乎要她不要那麼自責，都過去了。接著緩緩從提包取出一張報紙，並攤開前些日他被報導在醫院當義工，透過音樂回饋加國的新聞，似乎一項對長官的工作報告。

「蘇成也常被邀國際性的表演，其實他拉琴意涵以及所選曲目是和這個世界息息相關，也是身為一個台灣人在異國所要做的任務，當然音樂人就是以音符來奉獻。」為母者再替兒子補充，這是義工精神，前年秋冬兒子陪老爸在醫院度過驚險，去年初春他投入醫院義工。他希望更多人撥時間為社會做出不同的付出，當別人需要的杯（圖 8, p.261）。

蘇成說他和中國移民來加拿大的土豪，是完全不同的生活態度。土豪可以盡量炫耀財富，而他努力工作領固定薪水，剩下的精力當義工，也加入交響樂團。哪裡需要他，他會帶著小提琴去娛樂別人。生活在溫哥華要有智慧和定力，不浪費在永無止境的物質或爭權卡位上，時間自然多起來。

「阮移民二十幾年了，感受溫哥華真正是一個好所在，但是汝選擇回流台灣。」阿子說。

「彼時陣是為著後生讀冊才移民，現此時我已經將西溫的厝賣

掉，返來台灣定居矣。」溫哥華是全世界的焦點，但他輕描淡寫如此回答。

有朋友移民到紐約，孩子大學畢業後對父母說，不要期待他會對他們有回報，因為他要去非洲，做一個不賺錢的醫生。嚴總說這個孩子這麼快就做終身決定，到一個無血緣國家回報自己，如換成他，他也會和那個年輕人一般。他很少想到自己，那顆獅子心常將自我縮小，小到近乎零，永恆的過客，在歌聲中找到走過的足跡，對這個星球就是最大的回報。

人生每個階段都充滿驚喜，從美麗的溫哥華別墅，搬回台灣到偏遠地區台東開創平台。放下自己的苦痛，協助他人脫離苦痛，把最好的善意送出，喜樂自然圍繞那顆利人的初心。開始有人要頒榮譽博士或總統勛章，他都謝絕並正式宣布不再接受任何獎章名位。

英國第一偉人邱吉爾在學校留級三次，同學均順利讀阿拉伯文去了，他必須原地踏步讀英語，因而更扎實英語根基，進而獲 1953 年諾貝爾文學獎。不利的條件是邁向光影的立足點，彷彿陰影戴上面紗，必須非常使力，謙虛的用加倍沉默的腳步，追隨那一盞明燈。

改變人類歷史的電學之父英籍法拉第（1791～1867），雖然只受過小學教育，卻能將自己的失學，當作一生不斷尋求的祝福。叱吒風雲的拿破崙（1769～1821）曾這樣寫信給小學畢業的法拉第：

「讀你在科學的重要發現，才了解我過去的歲月，浪費太多時間在無聊的事情。」

　　這時的拿破崙是滑鐵盧戰敗後，被流放到聖赫勒拿島的心情。而台灣海峽的一顆獅子心，放下輝煌摘取平淡，和拿破崙放下身段的意境有別，唯一可以肯定拿破崙在流轉的歲月，可以勇敢承認自己的無知。世間的榮耀利祿，如無慈悲和道德作翅翼，算不了真正的勝利。

心靈控制下的
親情變奏

● ● ●

上天右手仁慈寬大，

左手不一定揮至同方向。

自古至今，

對長輩的孝順下降，對晚輩的順從上升，

是親情的鄉愁。

01

除夕夜的李氏兄弟

人性有限，求不得完整的真善美，
只能追逐朦朧影像，
甚至追尋過程中，欲善反成惡。

◆ ◆ ◆

　　一個深秋的波士頓，李大德帶著無限迷惘，踱至查爾斯河畔，望著滿地落葉冰冷河水潺潺東流至大西洋。始終無法指點迷失的路途，他被迫居住感官中，但那兒不是他的家，他覺得人生彷彿還沒開始就要結束。往常一直遵照父親期望，在台灣第一名也考上體面學校，生命花了大半時間研究學問，然而現時對學識有說不出的厭倦，尚未畢業但課業總算告一段落。不管猶裔教授 Jonathan 一臉錯愕，還是準備從美國飛回台灣，結束快拿到博士的異常舉動。一向不被看好的弟弟李員德卻一帆風順取得博士，風光返台當教授，只是弟弟交女友事令雙親傷透腦筋。

　　樓上又響起幾個月來不斷困擾的聲響，身為兄哥的李大德怒視天

花板，抬起書房藤椅作勢要撲滅惡勢力源頭。忽然頭一陣暈眩，手掌緊握扶把，站立一會定神後，伸出顫抖食指輕按牆壁小亮點，桌面電腦映顯而出，陰霾瞬間消失，原來早上數據機旁的 off 忘了按。

高雄季候十三度的午夜，汗水猶原滲入眼角，痠刺疾痛難挨，霍然不安跌入木椅中，就像歌德筆下的《浮士德》在另一西方世界，也是冷清午夜不安的跌坐在書房。歌德畢生 50 年才完成的巨著《浮士德》，為尋求生命真義，對魔鬼梅菲斯特從狐疑到信服，用此交代對宇宙命定的看法，和李大德自始至終挾持於心靈控制（Mind Control）有實質的共通點。

「哥！閣咧用電腦，半暝矣，該睏了。」弟弟用台語講。

李大德混沌雙目才驀然回望，驚覺今夜尚有一個人在屋裡與他共度除夕。放下手中《浮士德》原稿，駝著背像七旬老翁打開窗戶，高雄左營春秋閣隱約映於蓮花池塘，高樓強風相互爭勢，書頁也胡亂飄盪起來。

「雖然汝嫌我的小說無好翻譯，但是你有英文翻譯的才調，可以參加翻譯的文學獎。」白天阿姑持一份簡章鼓勵他。

「妳自己已經完成了，很好呀。」首先還能正常對答，隨即又質疑起來：「是否我爸媽對你們有什麼交代？」

「親戚互相關心是平常的代誌，免黑白想。」阿姑小心翼翼觀望對方，兄哥李連禮為這個患憂鬱症兒子日夜操心，不時要親友多陪大德聊天。

「沒有就好。」大德鬆一口氣，但父母超乎尋常的愛，壓得他胸口隱隱作痛。確實，家族的焦點都在他身上，尤其他放棄在美國快修完博士的課程，匆匆提早回台灣。

他逕自到另一房間打開音響，欣賞起奧地利作曲家馬勒《千人》交響曲，這首以自身的生命能量來回應浮士德精神，不管政府媒體慈善機構變得多麼腐敗貪婪，音樂依然叫人陶醉。該曲合唱部分選自浮士德山谷場景，對真善美的吟詠，請上帝賜予力量化解世人紛擾。

「不可言狀的世事無常都在此解決，並強調永恆女性引導人類前進，和普契尼的杜蘭朵一樣，都是頌揚女性溫柔的力量，馬勒和普契尼都深知愛的火種可以溶化艱難，這些細心敏感內斂功夫不論男女都有。」阿姑用北京話說，期望融入姪兒嗜好，進而與之談心，難得李大德耐心聽阿姑訴說一大堆理論，音樂是李家共同記憶，而阿姑最在意的是《滾動的親情珍珠》代代相傳（圖9, p.262）。

浮士德的靈魂賣給魔鬼梅菲斯特，浮士德升上天同時，出現上帝強烈霸道的干預，在此傳遞一個信息，由於人性之有限，永遠求不得完整的真善美，只能追逐到朦朧影像，甚至追尋過程欲善反成惡弄巧成拙。那麼李大德的父母如此強烈關愛，是否是一種欲善反成惡的變奏親情曲調？

如果真想傷父母的心，又沒那個膽道出厭惡父母過度的愛，至少還有個辦法，藝術是祈禱，那就投奔藝術吧。雖然藝術不能養活自己，但是一種人道方式，讓生命變得比較能忍受，至少可以隨意拿影

片來欣賞或寫一首詩，即便是爛詩但過程是專注。專注創造了某種東西，也迴避了某種東西。

凌亂書堆中，李大德頭腦不像雙親說的亂七八糟，他可是一清二楚。彎腰拾起掉落地板上奧修（Osho）原文書，摸弄封面長呼一聲。奧修曾是哲學教授，在 20 世紀 60 年代走遍印度作公共演講，他認為傳統宗教最大錯誤，就是在頭腦預先植入各種神、魔鬼、天堂、地獄等概念，而這些恰恰阻礙人們直接看到真理，這正和 Mind Control 有同樣的道理。每當李大德有疑慮都能在心靈控制理論找到答案，遺憾的是每當他提起這個概念，家人就像洪水猛獸的阻擋。

有關奧修的書，起先山帝士準備翻譯兩本，其中一本由於太忙胎死腹中。再加上語言是永久的疑問，因為隔著海的另種語言是無法完整翻譯（圖 10, p.263）。熱愛文學也曾出版書的父親不知從哪裡認識山帝士然後積極介紹，要兒子李大德承續翻譯，最主要山帝士那裡可以結識三頭六臂人物。父親希望他多交朋友開拓心胸，進而擴展社會層面，父親過度慫恿使他不得不起疑心。自從他發現心靈控制的技倆，才知任何事都有脈絡可尋，還好他只去接洽一次，續譯之事就不了了之，任憑父親再三慫恿。

「緊食這包巴參粉啦。」弟弟李員德將桌燈捻亮，憂心忡忡遞上開水。他遵照父親交代，如兄哥又提起 Mind Control，藥量要加重。

「裡面是什麼成分，吃得我整天頭暈暈。」他以正宗國語發聲，和弟弟始終用台語說話，似乎是兩個不同世代的人。

「今仔日老爸閣提新的來，補身體啦，厝內逐家攏嘛吶食矣。」員德此刻頓了一下，心虛的轉話題：「後日我會帶學生去澎湖作研究，老爸講澎湖是咱的故鄉，有閑愛轉去看看咧。我三月中才會轉來高雄，到時我帶幾本冊予汝作參考。」

「你幫我找找〈天堂序幕〉的原文，我想了解浮士德與基督教獲救的觀念，有何不同？」無視弟弟的話，李大德不急不緩陷入沉思。

「哥！汝養病的時間儘量愛放輕鬆。」員德順口溜了出來。

「我沒有病，為什麼都說我有病？」大德緊握拳頭，即刻反駁。

「其實這類的冊高雄圖書館有，汝會使自己去借來看。」

「我不想出去，外面世界太複雜，心靈控制無所不在。」李大德講到此頭蓋骨麻麻，螞蟻開始從腳底爬起，為使弟弟信服，他繼續講：「這個控制不只單對一個人，更是愛情親情的一套計畫，每個人從小就被植入晶片，接收身上放射的訊號再傳到衛星資料庫，從中窺探每人的舉動進而控制整個社會。」為兄的看對方默默無語，再高談驚人的發現：「父親和叔伯為財產和侍親可以反目成仇，祖母自澎湖返來上吊自殺，你交女朋友總讓雙親不滿意，妹妹遠在美國家中大小事她都知道，這些均顯示此系統違反人權精神，這和美國發現另一深層政府在操控整個人類沒什麼兩樣，我發現這個機密，希望大家了解我的苦心。」

這時樓頂又響起雜音，對弟弟來說並不發生作用，但是李大德陡的站起身，握緊拳頭仰起頭緊張大聲嚷嚷：「是誰在樓上搞鬼？」

「踮佇市內，難免有各種的車聲加人聲，而且今仔日是二九暝，
毋免疑神疑鬼！」

「你講話口氣和老爸一模一樣。」李大德鬆開拳頭，無奈坐在椅
子上，雙眼大大的瞪著老弟。

「睏了，我明仔愛載爸媽去培墓。」李員德打著哈欠深深伸一個
懶腰，開了一整天車又為自己的婚事，當然疲勞加鬱卒，他拖著無奈
步伐，緩緩走入另一房間。

須開二小時車程到山上掃墓祭拜，如果台灣和阿拉斯加的習俗一
樣，可將親人葬在自家的庭園那該多方便，李大德瞄一下電腦又自言
自語起來，他沒病，為什麼大家都說他有病。

煙火炮竹由遠而近，意味著即將破曉的東方春節已來臨。弟弟謹
慎將父親騙說是巴參粉的精神藥，順利注視兄哥和著開水吞下，他才
鬆一口氣望看窗外，今年寒流特別長，已關緊窗戶，門窗鵝黃紗簾依
然強烈在地面掃蕩。

02

心靈控制下的
親情變奏

人類會在希望中投降、
絕望中戰勝、
道德路上跌跌撞撞，
走出一條屬於自己的血路。

◆ ◆ ◆

　　李氏三兄妹的父親李連禮不久將退休，凡事講求完美排場的他，
真能退休？夾在孝順及孝子兩個相異世代扛得相當辛苦。「孝順」在
上一輩阿公阿媽往生後，身為兒子的李連禮卸下重擔，另一個「孝
子」在下一輩對子女的操勞卻沒完沒了，這是每次家庭衝突，特別是
大兒子李大德發病之後，老母常掛在嘴邊的怨嘆。

　　「攏是汝，傷過期待，予大德有誠大的壓力，今仔日才會變成按
呢。」牽手向李連禮抱怨。

　　「醫生開的藥，就騙伊講是巴參粉補藥，愛強迫伊照三頓食，
醫生講伊無界嚴重，服用一段時間就會好起來。」兩老為兒子的用藥

量,一個須加重藥量,一個要減輕藥量,就可以從白日吵到夜晚,最後分床。

「為什麼你所認識的女人,爸媽都會反對。」哥哥問。

「我嘛毋知,這遍比頂遍閣較嚴重。」弟弟皺著眉頭回答。

大德凝視弟弟憂鬱嘴角,疑惑盤繞再起,員德交新女友,爸媽馬上阻止,原因是對方家庭背景不適配。父母是如何知道,又是多快探聽到,才一交往就得悉,老爸還氣極敗壞到昏倒,在半夜去長庚掛急診。父母為了他不想交女朋友傷透腦筋,可是搞不懂弟弟很會交女朋友卻拚命反對,這不是 Mind Control 搞的名堂,不然要如何解釋?

男和女在思想上完全不同,多數女人靈性遠較男人高,男人的動物性較強,男人是介於女人和動物之間的一種動物。男人受不了女人天生敏感所占的優勢,發明這種心靈控制反控女性,並且學會女性無孔不入的細膩手法相互凌虐起來。

典型例子就像日本、德國,這些高工業國家,凌虐指數最高,他們可以隨時變換角色,成為凌虐或受凌虐。如果看A片男主角準備行動,還刻意問對方要插那個門道,這還是小事,大事是台灣始終扮演受虐角色。像弟弟時常憤怒台灣地位搖擺不定,以前被荷蘭、西班牙、日本侵占,現換成國民政府,台灣動靜又要看別人臉色。

為何全球黑金如此猖獗,像軍事工程醫療均需大筆國家預算,便是黑箱作業易於孳生的溫床。他總是不厭其煩向家人解說,這是事實存在,不要每次他談及 Mind Control 就像見到魔鬼,尤其老人家總

是聽不進去，一臉憂心忡忡又與精神醫生交換眼色。他沒病要他去看病，勉強去看一次，也是家人硬拖拉上車，在車上看到老母的眼淚，之後這位醫生就常到家裡走動，最後成為父親的好友。

再早之前，每當他到一個新環境上司就離職換人，像他畢業後當兵老爸拜託的副師長，剛好上任以便監督他。當完兵至水牛城唸書，所選指導教授也剛到校講學，後來到南加州大學指導教授也如出一轍。他回鄉服務，局長又是屆齡退休換一個新的來。看來並非巧合而早在背後就有黑手在作弄，他被侵犯長達幾十年，至今才讓他發現，許多受害者從小便被凌虐，他就是活生生的例子。

「想起當年，老爸是如何友孝，阿公阿媽自澎湖移居打狗來拍拚，阮也辛苦培養恁讀到博士，少寡想作父母的心情，毋通單那顧家己爾爾。」李連禮躺在醫院，牽手仰起頭細心觀察高掛在鐵架塑膠筒內藥水的流動，然後無力坐在鐵椅，對頭低低兩兄弟發出感嘆。

患老人失智的阿公常走失，步入晚年成為兒女負擔，侍親問題成為弟兄鬩牆。曾被宗族稱為孝子的阿公，他是台鋁蒸氣澄清廠領班，養活一家八口，別人不要的班他都包了，因為很少人忍受得了廠內幾百度的蒸氣，阿公失智症不知是否和日夜接觸鋁有關？

前往高雄前鎮觀看老台鋁的光影紀事，六千多坪的台鋁廠房，曾是父親和阿姑童年熟悉的地方，經過半世紀多，完全找不出可回憶的場景。不像西方世界如德國柏林圍牆倒塌之後，政府特留一個牆面見證歷史給後代緬懷過去，不過鋁業光榮任務，李氏家族有份。

曾是兒子現是父親的李連禮，此刻血管銜接針管，瘦弱身軀癱入病床。這一生努力經營的果實，猶如當年銜接阿爸李子山對他的期望，子從父願是順理成章，一個充滿邏輯定律，如今好比一把利刃一不小心即淌出滴滴鮮血。他臉色蒼白無力望著家人，唯一值得期望的女兒，還在美國求學。

此時，弟弟心事重重斜靠雪白牆壁，今天父親為了他躺在病床。順從倫理的弓與服膺自己的箭，形成兩股相互拉扯的力量。兄哥李大德之所以搬離父母，除不喜歡無聊的約束，也厭惡家有老人味。當然他現所住的房子正是父親所購置。時空地緣相異，理念南轅北轍，加深的愛意，化成矛盾與衝突，成為人間親情的苦樂循環。

孝順是什麼？孝順是要勇敢的背著母親到山上等死？日本信州深山一貧困小村，就是所有活到 70 歲老人，不管身體依舊硬朗就要被家人背到楢山丟棄。男主角的 69 歲母親離上楢山日子不遠了，她擔心兒子像他父親不敢背母親上山而惹人嘲笑，就敲掉自己還結實的門牙，示意兒子該有所行動了。這天兒子背著她走上楢山，山上白骨成堆兒子忍痛告別母親，返回村子漫天下起大雪，母親在山上默默的等待死亡。或許死亡不是消失於虛空，而是融入宇宙之中。

父親是什麼，父親的父親又是什麼？父親疼愛兒子，像亞伯拉罕疼愛他的兒子，為了神的諭令，將兒子送上山當耶和華的牲禮；兒子是什麼，兒子的兒子又是什麼？兒子孝順父親，像精衛為了孝順父親炎帝口銜西山木石，一心一意填海報父仇。只是，亞伯拉罕將兒子作

為牲禮，有否某種程度的忍痛，而孝女化鳥為精衛，卻是海未填成力已倦，終於抱恨含冤哀啼長逝。

生命是一連串的過渡，李連禮對父親李子山的孝順，和父親李子山對祖父李祥的孝順，雖有差異，但一脈相傳耳濡目染不致太偏離。而今隔了三代，身為李子山的兒子李連禮有機會成為父親或祖父，似乎變調得離譜了。有次他心血來潮要孫子到美國造訪時，順便看他曾在美國出版的書，有否陳列在美國圖書館。

「哪有可能？」孫子肆無忌憚不屑的回應阿公。

這應屬於近廟欺神典型例子，大人也沒準備糾正這種對長輩不禮貌的晚輩。

很多人猜測一對收入有限的夫妻，除非中樂透，否則如何從有限收入突然種種富豪行為進入了生活，原來是父母逝世後幸運得到一筆龐大遺產，這樣推論起來，父母死亡和中樂透似乎沒有兩樣。

李氏家族幾代下來同樣戲碼不斷上演，為財產對簿公堂，為侍親手足鬩牆。上天右手仁慈寬大，左手不一定揮至同方向。自古至今，對長輩的孝順下降，對晚輩的順從上升，是親情的鄉愁。老子早就有言，天地不仁，以萬物為芻狗，問天，天自然不應。人類會在希望中投降、絕望中戰勝、道德路上跌跌撞撞，走出一條屬於自己的血路，生命從不善待任何動物。

03

如何區分正常人、
精神病和精神變態

地球人正處在滅絕和進化的交叉口，

無止境的奮戰，

看來要等恐龍時代來臨才得以罷休。

◆ ◆ ◆

當人的慾望和大志作戰，他總會有錯妄，所以天靈看透人性，信心滿滿答應魔鬼，去引誘那位中世紀學識集於一身的浮士德，這位大博士未能逃過一劫；日本川端康成藉一只日本茶碗，貫穿人子與父親情人的曖昧關係之外，茶碗的粉碎意有所指，對衰微日本傳統發出沉痛信息；托爾斯泰的《戰爭與和平》，敘述拿破崙入侵俄羅斯一場驚天動地戰爭，對歷史、戰爭、權力等人性的剖析。從德國的《浮士德》、日本的《千羽鶴》到俄國的《戰爭與和平》，不難看出暴風雨不斷衝蕩，由海而陸，由陸而海，幻化成一條深不可測巨鍊，人間有太多吹不散的歷史灰燼。

隨網路進入寬博世界，仇家可在內面散布謠言，過度聰明製造病

毒叫全世界抓狂。但慶幸就是因為網路，才讓他李大德得知德國人羅伯的遭遇。羅伯發現有人在飲料下安非他命，他求助醫療檢驗，卻被誤診為精神有病。醫療單位進行診斷 DSM，應先檢查患者有無服用禁藥之類毒品才有效，然而他們一手遮天將他關進精神病房，種種跡象顯示背後有幫派地下活動的總結合，羅伯要全世界伸出援手解救苦難市民。當李大德得知這消息，彷彿黑暗中尋到光明，於是他理直氣壯拒絕上病院。被 Mind Control 迫害的經驗談，終於在同一星球找到共患難同志，李大德顯得無比輕鬆和興奮。

心靈控制在腦波轉成聲音發出微波 Alpha、Beta、Gamma、Delta 和 Theta，也就是說要預知未來，社會產生反抗之聲，利用微波干擾正常作息，如一件事突如其來衝動要去做，非出自願或經過思考，這就是有組織的心靈控制要人去做，摧毀個人生命比核子還厲害。國際方面，中美棘手課題暗潮洶湧，及至新冠疫苗的不確定性，表面穩定暗地正翻天覆地。

電腦不精通，注音符號更不靈光，但李連禮就有能耐逐字透過 email 傳理念給兒子，試用兒子最愛探觸的心靈深處企圖溝通，以低調謹慎話語送給兒子：

「最近你突然於網路發現 Mind Control 在外國監控的種種事例，這是一大發現，更叫親友洞悉其技倆提高警覺，不過凡事過與不及都不理想。人為了生存爭取權益難免相互競爭，不用派 Mind Control 來施展技倆。如有控制，對象均具身分的人，我們非常平凡無控制價

值，遭受監控幾乎微乎其微。不妨試著往另一方向思考，每一問題都是道場，不管事情開始何時，都是最恰當時刻，痛苦也許是一塊布料，他們可以把它做成一件衣服，汙泥對蓮花來說，更是一種祝福。」

「弟弟平時上課開會外出評鑑非常辛苦，每天洗頭你卻懷疑他遭受洗腦。他工作繁忙導致流汗，洗洗頭已成習慣，和遭人洗腦無關。他比你會保養身體，從他勤服用巴參粉，常出外運動就可見一斑。電腦是你從事翻譯必備工具，它有一種幅射線會傷害身體。你給家人表示頭蓋骨會麻發熱，像波湧陣陣被針刺的感覺，螞蟻也時時像幽魂爬上身軀。很顯然，兒子，你病了，關於 Mind Control 種種活動再深入探索也只不過如此，倒不如充實一些知識，加強翻譯工作來得實際。」

要他李大德再充實知識，等於叫他陷入人間煉獄。台灣之所以沉淪，其中一項就是人民對異乎尋常的亂象視若無睹。聽眾藉熱烈的喝采和絕對的沉默，來表現自己的判斷，但是在這個世界，幾乎到處都有判斷錯誤的聽眾。要多看世面，他也應父親之意參加一位親友婚禮，牧師要這對新人手放在《聖經》，面對已不是夫妻的雙親面前，藉耶穌之名慎重唸誓言。通常就任公職或締結婚約才會宣誓，這樣說來，婚姻和政府都代表了自由選擇的權威和責任結構。當時李大德歪著頭仔細看著已離婚多年的老夫妻，再觀望那對充滿幸福的新人，他困惑的說：萬能的主，請問誓言是什麼？

「為何都介紹女的？」雙親一直要他結婚，不斷介紹女朋友

給他，他只是提出看法而已，就讓父母像得瘟疫一樣，以為他是同性戀。愛就是愛，不管愛的是男人還是女人。同性戀如同人類歷史一樣久，算得上是自然，早在古羅馬帝國的同性之愛，愛情神話（Satyricon）自然得令人咋舌，無關膚色、性別、語言，愛與被愛之間沒有任何限制。難道愛情與神話是兩碼事，是一道高牆如同 Mind Control 的符咒？

如何區分正常人和精神病，心理學家羅森漢恩做一項實驗，他首次穿著邋遢假裝有病，向醫生報告自己聽到一些聲音，幾乎聽不出什麼但有空空、沉沉和嗡嗡等聲音，那些是精神病文獻沒提過的症狀，結果他被迫待在病院 50 天治療。往後實驗數次，這次羅森漢恩和七名精神正常戰友用假名進不同病院，講同樣症狀卻拿到不同藥劑，出院時全被診斷有精神病。羅森漢恩用相反實驗再度出發，這回他和醫生說他會送去一些假病人，事實上這些都是真正的病患，但其中百分之十被精神病醫院請了出去，理由是他們都很健康。最後 1973 年羅森漢恩以《在瘋癲環境下保持正常》為題揭露精神科醫生診斷的任意性，他說只要相信自己能劃清正常和異常，根本不必強求什麼證明。

這些所謂精神病（Psychotic）還不致於可怕，倒是有一種精神變態（Psychopath）才是真正的可怕，甚至可以成為人類的掠奪者，因為他們不被良心所引導，是一群冷血精神病態者，從雙方戰爭掠奪中特別看得出來，他們更會善用媒體製造公眾認同。不幸的，這些可悲事件正在上演，就像俄羅斯入侵烏克蘭，遍地屍體正進行中，普丁還

義正詞嚴說他只是把自己的領土拿回來而已，這和中國標榜領土完整心態如出一轍。地球人正處於滅絕和進化的交叉口，而且永無止境的奮戰，看來要等恐龍時代的來臨才得以罷休。

04

每個人
都不是局外人

作善，映現身邊就是善；

作惡，映現身邊就是惡。

橋上什麼景象，映現水面就是什麼景象。

◆ ◆ ◆

　　大神威力地藏王能使自己的母親免於墮落地獄之苦，阿姑除了頂禮崇拜之外，更顯得自己的無能，畢竟她有多大的親情筆力，也不能像地藏王可以救贖自己的母親，如再對應李大德心靈控制下的親情，親情就像空氣中一句名詞而已。如同俄國電影大師塔可夫斯基的《鄉愁》，肆意遊走現實和回憶之中，種種情愫混合，如夢似幻亦真亦假，成為濃得化不開的鄉愁，那是一種對命運無奈悲痛的嘆息。

　　獲 1981 年奧斯卡最佳外語片獎匈牙利導演 István Szabó 拍《梅菲斯特》、《雷德上校》、《預知未來紀事》等影片，其主題不離慾望和恐懼的煎熬，主人翁最後都像出賣靈魂的浮士德，深陷於政治漩渦而不能自拔。像雷德上校家境貧寒，又是猶太人和同性戀者，他需

要把這些全部偽裝起來，才能在奧匈帝國步步高升。只是他再怎麼壓抑真實自我，還是被人把他當成貿然闖進他人世界的局外人。西方文學根植於「我」的自我認同與他人認同，如果這樣的追求能讓人走向更完整的美好，我們真的要全力擁抱，但往往事與願違，佛法的放下「我執」變成一個不錯的選項。

一個人早上醒來發現自己變成一隻甲蟲，是卡夫卡想卸下所有的重擔，或是猶太人特別敏感的流放心靈，寫出人類普遍的孤立和疏離？其實卡夫卡心靈苦痛的源頭，大部分源自望子成龍的父親，不論童年或求學，父親的影響像噩夢般纏繞著卡夫卡。那些在自己的國和家，對於其身的壓力又無法逃離，有專家建議不妨把「內在移民」視為解決困境的出路。

內在移民源於德國納粹集權統治，在共產國家並不陌生。最常聽到藝術家應用於小說、電影或繪畫等手法喚醒人類的初心。創作者會將思想層層包裹，小心收進所織成的繭，並等待有朝一日破繭而飛。獲 1999 年諾貝爾文學獎德國作家格拉斯的《拒絕長大的小孩》，以侏儒眼光看巨人般的法西斯帝國，讓形式虛幻的巨大與渺小的侏儒以小觀大，揭穿不肯面對歷史傷痛，那粗鄙的巨人政權，遠比侏儒卑小無用。也許大部分人沒本事應用內在移民打開心內門窗，但是角度可以改變，捷克當代藝術家可可利亞經歷政治鬥爭，就是應用這種內在移民，畫出事物的本源，而不是事物的外相。最後尋求到安身的轉向，從中獲得平靜與力量。

　　李大德總是被告知，不要一直往心靈控制翻轉，心靈是衝動固執，像風難以駕馭，但可以練習。比如透過瑜伽持續的練習，應該是不錯的方法。印度史詩《薄伽梵歌》為瑜伽作出解釋，那就是放下自私慾望，別讓成功或失敗影響，這種均衡就是瑜伽。經常處於均衡狀態，不偏苦也不偏樂，不討厭苦也不討厭樂，就叫作解脫。

　　身為人子，如沒技巧應用內在移民，也可和父母角色互換，如樹木向陽並非向人，試著從太陽角度觀賞樹木，這是正在修音樂博士老妹從美國捎來的意見。老妹不在台灣，但家裡大小事都一清二楚，除了前些日父親掛急診住院，老爸特別叮嚀不能讓她知道，以免影響她上台演奏的心情。這條親情的線，一直繞著星球在運轉。

　　2020年世界第一對兒孵化器嬰兒問世，開瓶就出世。如果這項試驗成功，生孩子將不用女人，女人漫長的痛苦十月懷胎已成歷史，或許再過不久親情只是一個名詞，沒親情的綁架就不會有鄉愁，何況人類只不過是地球的過客，奧修墓誌銘就這樣刻印：奧修從未被生下來，也從未死去，只是在1931年12月11日至1990年1月19日這段期間，拜訪了這個地球。

　　老弟成天被兄哥的心靈控制理論灌輸幾乎倒背如流，似乎觸到那條根，這天突然脫口而出 Akashic records，這所謂的阿卡西紀錄，記錄著各個行星以及地球所發生的所有歷程，銘印靈魂深處成為經驗。有些靈魂並無地球人經驗，但他們可以從阿卡西紀錄提取資料，比如當一個外星人或動物初次轉世地球，這時阿卡西紀錄就派上用場。那

麼兄哥李大德對心靈控制的投入關注，是和阿卡西紀錄有關或是兄哥真的是從另一個星球投胎轉世？

　　佛陀說每個人都逃離不了根境識，以及阿賴耶識輪迴轉世說。作善，映現身邊就是善；作惡，映現身邊就是惡。地球正面臨疫情、地緣政治和能源危機，甚至會引發第三次世界大戰，因為人類永無止境的貪嗔痴。進化和現代可能帶人類下地獄，因為人們不斷在犯錯，塑膠袋方便半個世紀，交通工具狂歡一個世紀，戰爭傷害整個銀河系。今天是烏克蘭，明天可能是世界任何一個國家，橋上什麼景象，映現水面就是什麼景象，每個人都不是局外人。

看不見的海濤之一，
八田與一

• • •

八田與一輝映水中的日本美學，

正吻合普世價值世界遺產紀錄，

卻因台灣無國際地位胎死腹中。

詢問為何沒留名，為何看不見海濤，

就像詢問波湧為何不停留，一樣的毫無意義。

01

凡存在皆合理

堅持焦慮等待美麗果實，

真理就愈離愈遠，

某些東西是無法計算，也毫無道理可解釋。

◆ ◆ ◆

他躺在那兒試著睡覺，有一絲光線從巷弄透過窗簾進來，他計畫著事情，回憶著事情，有時只是聽著聲音，看著光與黑暗。他思索著眼睛的開與合，開的時候展現一個場景，以及全部光與黑暗的深度，然後又閉上眼睛，讓所有場景變得不被看見，然而它們一直都在那兒儘管不被看見。

女兒跑過來說：「爸！我同學爸爸，只有高中畢業，我羨慕他們能住很大房子，買豪華車子，吃名貴餐廳，媽怕我今年學費交不出來。」

他老是夢見三個連續的場景，首先是被困的一條狂暴蟒蛇，預示著他生活中的苦難，接著是幻想中多樣無窮的死，最後便是死後他的生存，恥辱已變成一種永恆狀態。這些夢帶給他如此明白無誤的譴

責，他的反應只能低著頭，一言不發的接受。因為這兒沒有語言，沒有哭泣，沒有休息的床，只有自己的雙翼，和那無路的蒼穹。

同一年度，教職被解聘，恩師過世，八田基金會被除名，岳母剛過世，很長時間不知人間還需要食物。老媽教導他做人要有肚量，以小弟之名登記老家房產，及長結婚後到異地留學，遇到種族歧視又是雪上加霜。

「你以為這裡是台灣？簽證有那麼容易？」老教授冷言冷語，比外面冰天雪地還刺利。

老婆簽證有問題，只好再努力多搬幾次貨物湊足旅費，讓她順利回台灣。

「我已經有了，留在台灣生產，或到日本待產？」老婆從台灣告知有喜，春風吹來卻沒有喜悅。母親拒絕帶孫子，老婆只好再來異鄉共同奮鬥，望著變幻無常的天空，如博士無法順利，將還有殘酷的事發生，他不面對現實，現實就會面對他。

不是結束也不是開始，事情一旦發生會永遠存在，但比羞恥更嚴重，是他覺得恐懼，這種恐懼占滿空間，把信心從每個角落擠出。強烈的企圖，走了不該走的捷徑？他專注日本引起校方的觀察，同事說如換成別人早就跳樓了，發動大案子要能承受壓力，不然就不要玩。

小時候在離島那個荒海野地，除了烈風呼嘯，就是海湧波濤，可以為了一支冰棒走 40 分鐘的泥濘小路，橫跨粗糙的咾咕石；在媽祖廟口認真撿台上「擲吉」來的糖果，看能否多分些吉祥；常抱著石頭

跟著大人潛到海底捉魚，都捉些不值錢的臭肉魚，試著想捉些昂貴的土魠魚，看著海鼠的蹤跡就知沒什麼好魚可捉了。後來離開大人群乾脆在海沙裡製作一艘漂浮紙船，驀然烏雲密布大雨傾盆如注，似乎狂風暴雨是來毀壞歡樂，瞬間感覺一切惡意都是衝他而來。

襁褓時期，老爸帶女人進門，強推抱著他出門的老媽。幼嫩的心房，常被突如而來的咆哮怒號驚嚇得拉青屎，母親將手指伸進他小嘴試探，能吸吮表示他還活著。咀嚼十碗白米飯，小嘴巴痠累但感覺胃尚未填飽，潛意識感覺吃才能保命，老媽擔憂家裡會被他吃垮，常罰他不准吃午餐。同學們最愛取笑他是蠻牛，因老爸打他都用牛鞭。老爸不會打弟弟，因為小弟敢持刀與之對抗。

初時台南人不能接受的工程，如今卻是大舞台，政治人物漸浮出檯面，恩師要他當執行長，卻有人更感興趣。經過好幾年他打開資訊，看到一則消息「烏山頭水庫之父八田與一過世 73 週年追思會，在台南紀念園舉行。市長強調八田在艱困年代建造水庫，讓兩國邦誼更穩固。除八田與一的後代，還有八田故鄉的日本金澤市長、姊妹市加賀市長等上百日人出席追思會。」多少年來，就預想這令人困惑的結局，只是這個結局，怎會這麼快就到來。

看盡世間人性的微妙變化，了解異國不同的生活慣性，看完這則新聞，很想做一件事，就是趁八田忌日之際他突然出現大眾面前，看看日本與台灣相關人員驚訝的表情。人的本性會在憤怒之中不經意的暴露出來，他急切盼望放縱的快樂，縱使巨大的悲哀將接踵而至，也

在所不惜。

　　介於台灣和日本一路的顛簸，命運在他身上玩弄諸多詭計，依然有東西留下，命運並未騙走他所有事物，畢竟一路的坎坷沒有真正倒下，因為童年為他儲存海量的抗壓力。老婆說他的臉皮厚到極致，抵達某種極限除了黑暗別無他物，任何真實事物不能幫他從困境中走出來。

　　他開始相信不真實，只有存在或真實的東西才會消失。佛陀說得妙，凡所有相，皆是虛妄。看不見的海濤一直洶湧著，不管是國家或城市、親情或愛情，人只要努力，就會產生迷惑。梁武帝全心護持佛法，問達摩祖師他應該是功德無量，達摩祖師慎重回答「無」。如果忘掉生活充滿因果和合，堅持焦慮等待美麗果實，真理就愈離愈遠。某些東西是無法計算，也毫無道理可解釋，凡存在皆合理，包括新冠病毒凌虐整個星球。

02

海鼠血水的
春夢

千年老樹在原始森林，樹立了平衡法則，

除非人們干預，

否則它們長生不老。

◆ ◆ ◆

踏著無垠怒號的海域，不斷嘲弄他像不懂潮水的笨人，但他確實知道那海水，從家鄉台灣海域而來。面對千變萬幻浪花，他不敢存有任何希望，但絕不罷休。探求已成習慣，像海洋永遠伸展雙臂，向藍天探求那難以得到的終點。

許多被遺忘的夜燈，留下黑色煙燻宛如失明的雙眼，但從牆壁睜眼凝視，那曾有的日子，即使初昇暗淡月光下，仍然清晰如昨。老婆放棄自己學業，和他一起奔走他鄉，生活困苦兩人緊依。只是留學首站就碰到瓶頸，日本教授要他研究中國文化大革命，這議題非他興趣所在。

中國共匪在蒼穹群星，就像讀到可怕的咒文，又是串串記憶的開

鎖,那個比賽鼻涕誰流得最長、尿尿誰射得最遠的少年,必須從嬉戲中召回。他習慣每隔十天,趁大人午睡,勇敢拿著棍子繞村一圈,一路殺掉無數欺侮弱小的壞人,同時做一件大事撿玻璃碎片,不能讓路人踩到流血,這是受房東兒子疼他的阿兄影響。然而這位阿兄去金門當兵時被共匪殺死,幼嫩心靈無法抒發心痛,只能每天認真尋找金龜子幫忙打共匪。捉到金龜子就拿線綁住後腿,邊走邊拿著線和金龜子一起翱翔,想像要去完成除暴安良的大任務,只是每次回家都被父親鞭打,或是老媽不給飯吃。

童年捉金龜和長大喜愛讀書,好比螢火蟲閃爍在夜間,難於熄滅的火焰在雙眼發亮。瘋狂是最高的鞭策,但理想離實際生活,是一條漫長的霧茫黑夜。

拿著家鄉捎來的判決書,他狂奔到岸邊,不管海濤猛烈洶湧仍然下海游泳。前些天遇到大螃蟹,有親切感就毫無忌諱親近,畢竟螃蟹是童年的玩伴,只是螃蟹用鉗子要夾他皮肉,他拿樹枝反擊第一回合他獲勝。而今天途中又遇到螃蟹,他照常和牠打架,但是這次螃蟹發狠,除把他的棍子拖進洞穴並展出利器,他手無寸鐵的赤裸之身這次徹底輸了,鮮血染紅海水,彷彿海鼠在向他招手,少年那片血海迎面而來。

海鼠來自天狼星,自我意識遠超人類是七緯以上的存有,牠們到地球是要幫忙穩定海域,但漁民對海鼠無好感,認為海鼠專門和他們搶食。同在大海討生活的漁人來說,海鼠天生帶微笑的嘴角,喜歡在

漁船跳躍做前導，成為討人厭得了便宜又賣乖的動作。而他天性喜歡笑，該是源自海鼠吧。

事情是這樣，家鄉都在春分前殺海鼠，因為有春雨沖刷，如過春雨期，海鼠被殺所噴出的鮮血，染紅了整個海岸。少了春雨的沖洗，腥風血海連日不褪，那真是驚心動魄的景緻。有次為了躲閃父親追打，他勇敢跳進血海，竟然浸入海鼠血海中得到了安全，還促進他有了高潮的宣洩。之後即使不被追趕，也會縱身一跳，尋找那一頂點的春夢。或許精氣神全掉落在那片驚心燒魂的火海，好比《紅樓夢》含玉出世的賈寶玉，當玉石離開寶玉時，寶玉就像失去了魂魄一般，呆呆的任人擺布。

老婆生產後厭倦和他一起漫遊春夢，她害怕那種被注射大筒針撕裂的刺痛。那一次他進入老婆房間，後腳跟尚未踏進門檻，一連串叱責像戰鬥機迎面而來，他潛意識即刻逃出門外。他是一個在白日盡頭沒有主人的訪客，漫漫長夜已擺在眼前。可是不對呀，今天他並沒有做錯事，為何老婆那麼憤怒。他再度進入，委屈尋求緣由和解釋。

「如果我不那麼兇，你一定要抱又要親，如果你坐在椅子，和我談話當然可以。」老婆這下心平氣和。事情在任何地方都有一個終結，而黑暗的孤寂卻是一個人的。永恆不渝的愛是愚蠢，既沒活力，也沒風趣，這才是人世間最真實的風景。他舉起左手，輕撫那天被老婆狠咬而腫起的嘴唇，只為了求一個溫暖的擁抱在冰冷的寒冬。

他曾幫忙意亂情迷女性友人度過離婚的關卡，卻惹了一身腥纏了

幾年官司，不久又接到台灣學校解聘判決書。風雨不息的黃昏，萬物依然偉大，地球不會因為只有暗夜，就忘記白日的滾動。老婆說正常人不會發生的事，全都在他身上落實的發生了。他自我安慰，至少他不會像卡夫卡的《變形記》，忽然一夕之間變成一隻甲蟲，完全失去賺錢本能，家人紛紛棄他而逃。

他個子不矮有著栗色頭髮和肥肥的鼻梁，臉上常露笑容，在這個現實世界，再沒有比笑更正經的玩意。兒女像同一屋簷下的陌生人，妻子也無法溝通和安慰。在所謂人世間，他視為真理的一句話，一切都會過去。真理對世人之所以缺貨，是人們永遠沒時間通過五行運轉去完滿，或許每個人的命運安排比人類本身的災難更容易解開人們的無解。海面基礎是一面鏡，有時鏡面會增加物件的價值，有時會否定其價值。在鏡面外看的每件價值的事物，映照在鏡面時，不見得能夠維持原有的價值能量。

2021 年看不見人群，看不見浪花，看不見的城市正蔓延，因為疫情所以封城，看不見昔日城市的喧譁，正呈現城市人生不對稱的迷魅。佛教人士說這是人類的共業，如果人類和各個物種和平共處，循著軌跡運行，一切的不對稱就會不存在。千年老樹如此金木水火土在原始森林，樹立了平衡法則，除非人們干預，否則它們長生不老。

03

八田與一，
輝映水中的日本美學

日本精神的美學意識，
應用微、並、氣、間、秘、素、假、破等
八個字詞來闡述並相呼應。

◆ ◆ ◆

水和人息息相關，如果要證明上帝的存在，重要的證據就是水，日本八田與一給了台灣這項證據。單從一條烏山頭水庫命脈談起，清代統治台灣兩百多年，僅建設高雄曹公圳，至日治時期來了八田與一投入水利，除嘉南大圳，還有台北下水道、桃園大圳、日月潭水力發電、台南自來水、高雄港建設，都有他的足跡。

一路來的水利興建，八田夫婦更完整實現了日本美學意識，這種日本精神是應用微、並、氣、間、秘、素、假、破等八個字詞，來闡述並相呼應。換言之，八田與一完成台南烏山頭水庫，其基調就是迴旋在這八個字詞之中，它們各自獨立又息息相關，其中無一不在講求調和與秩序，正是日本人獨一無二的特色，也亮麗呈現在台灣這塊土

地。

台灣農民有了水，生活自然改善，於是 1930 年到 1935 年間，台南、嘉義、雲林諸多廟宇陸續興建翻修，且成立了嘉農棒球隊，進而拿到日本甲子園的決賽權，在此呈現日本美學的首詞「微」。用枝節來觸動，因而個體蘊含著整體社會，就這樣延展了團隊精神。

八田過世 80 年還有一群非家屬，齊聚墓前祭拜。戰後 70 年來始終有一群台灣農人用著台語，圍著八田銅像，向他祈雨保護嘉南水稻，這時美學的「並」出現，尊重因人的不同進而尋求融合，在文字上同時擁有漢字、平假名與片假名，相異中皆可並，並字在此發揮到淋漓盡致。

即使國民黨教育日本人如何不公不義，但純樸的台澎人不相信政治，只相信真理。除八田與一另外一位伊能嘉矩 1900 年到 1901 年之間，於澎湖踏實的田野調查，對澎湖留下許多珍貴文史資料。無論來自何方，只要對台澎有貢獻，台澎人永遠尊敬，這是日本人在台灣留下的「氣」場。日本人相信人身上蘊含影響的力量，包含環境影響人，人影響環境的氣場。

水壩旁彎曲有序的 19 棵櫻樹，中間兩棵南洋櫻是 1930 年八田設計嘉南大圳後夫妻攜手共植的，從進門兩旁的行道樹，感受到「間」的美感。間就是既重視距離又強調與自然和諧的日本美學。

成排南洋櫻除見證水庫歷史，敘述八田獻給台灣，將嘉南平原變成黃金的沃野，也象徵八田夫婦的愛情，以及八田感念妻子外代樹讓

他全心投入大壩，這時「秘」意味著隱蔽，也就是隱藏部分而驅動對方投入其中，是日本美學中最迷人之處。

八田與一之所以有能力，除東京大學教育外，主要孕育成長於農村，以及佛教淨土真宗的平等思路。八田出生金澤市，是北陸石川縣首府，就讀花園國小每天來回走農村數公里，是童年播種關鍵時刻。鄉村樸實價值觀是農田水利的記憶，日本人審美核心不破壞自然的「素」，在南台這塊土地處處都是一大片木頭和石頭的建築，真正呈現樸素的本色。

貧瘠不毛的台灣嘉南平原，轉換成日本故鄉田園美景，使八田夢見一顆星，一個光明的島嶼，就在那兒誕生，於是他翻山越嶺深入嘉南，帶領二千多職工，懷抱佛陀胸襟，克服瘴癘瘧疾的威脅，他實實在在應用「假」的日本美學，不去抗拒，順應自然，克服困境。這種順勢而為進而減少工人的傷害，成為事後工人津津樂道的話題。

1942 年八田與一殞落於東中國海，1945 年外代樹選擇丈夫奉獻一生的烏山頭水庫放水口跳水自盡。日本金澤的傳說，重大工程用人命祭祀會更穩固，如以生命祭神將是動人的故事。水庫一般壽命 50 年，但烏山頭水庫啟用近一世紀。相對彼岸的長江，中國人的驕傲，卻在 2014 年已列為全球瀕危之一。而八田的人性管理，使嘉南平原由荒漠，幻化成潺潺流水潤澤眾生。嗚咽長江水，如何對照有情的嘉南大圳？外代樹的自殺，又將日本美學推到頂端的「破」。日本人相信靈魂不滅，死亡是前往另一世界，日本人能慷慨赴死，以壯烈切腹

彰顯高尚品格。1957 年諾貝爾文學獎得主卡繆曾說:「這世上只有一個真正嚴肅的哲學問題,那就是自殺。」東西方美學於此不謀而合。

「你不是台南人為何那麼熱衷,我感到慚愧身為台南人不知受到八田恩澤如此宏大。」恩師對出生在澎湖的他,如此的肯定是他唯一的甘露,只是恩師很早就過世。不管殖民或被殖民的政府,多麼的貪婪和腐敗,八田與一在台灣,美麗的水創造,難道不能歌頌,只因為八田是日本人?

卡繆一再解釋荒謬哲學,一切偉大行為以及潛藏無人性的劃地自限都是荒謬。波蘭詩人辛波絲卡不喜歡地圖,因為地圖說謊,在她面前展開的地圖並非今天這個世界,中華民國地圖有蒙古就是一例。台灣和中華民國的關係,在台灣土地第一課開始,歷史課只提中華民國從未提及台灣,再從最具國家代表的郵票來看,國民黨和共產黨的郵票從來沒有台灣。二戰後兩黨互爭領導權的內戰,國民黨大敗退到台灣,為合理化蔣中正將台灣歸納為中華民國領土。

鄧雨賢的台灣民謠《望春風》,日治時被迫改編成歌頌日軍的歌,國民政府來了又被當成禁歌。接著台灣子民被教唱反共抗俄歌,曲中疾呼中華民國萬歲,但是萬歲被千萬朝代喊過,喊死了也沒辦法。邱吉爾永不屈服的膽識,使得德國殺人魔希特勒走投無路舉槍自盡。二戰如沒有邱吉爾,不知會是怎樣的狀況?邱吉爾面對危機所散發的自信,帶給英國子民的鎮定。台灣如出現像邱吉爾的領導者,台灣命運有可能改寫。

「八田與一夫婦跟你有何關係，如此廢寢忘食，為他們做紀念碑，這種大工程本來是政府要做的事。」無人看好他當初的雄心壯志，勸退之聲言猶在耳，彷彿才是昨天的事。

「真是好高鶩遠的傢伙！」這是老婆的結論。

尺子應該是最公平的度量衡，但拿在不同人手裡，去度量不同人，就會出現不同結果。有人不認為阿拉伯人有什麼了不起，可是他們卻帶來阿拉伯數字，不然，你試用漢字做加減乘除看看。每個時代都有每個時代不同背景，愛因斯坦的相對理論，都可以推翻牛頓的地心引力了。佛洛伊德說幽默是面對無所適從回應之一，當一條狗出不了門，會亂抓亂咬吼叫，做些無意義動作來面對挫折。其實也大可手持一杯咖啡，赤著腳接地氣，面對看不見的海濤唱首歌，一切交給上帝。但不管正面或負面，八田與一的日本美學和蔣中正的中華民國威力，都已經在台灣落地生根了。

04

不同海域在同一交點，
會呈現如何的波湧？

詢問為何沒有留名，為何看不見海濤，
就像詢問波湧為何不停留，一樣的毫無意義。

◆ ◆ ◆

　　什麼才是真正的殖民地，19 世紀帝國主義盛行，荷蘭人殖民印尼，英國人殖民印度，皆著重資源之奪取。但是日本殖民的滿洲、朝鮮和台灣，滿洲國曾經是亞洲經濟最高度發展國家，台灣是優於日本本土的「殖民地」。八田銅像戰後不是被台灣農民藏起來，而是被一個尊敬八田的日本人在路邊撿到後，藏在隆田車站倉庫，後來仇日風波過後才見天日。至於為什麼史實會被曲解，如同八田紀念公園為何是戰後歷經 65 年，才由澎湖人的他努力發起，一樣的耐人尋味。

　　唐吉訶德幻想自己是騎士，做出種種令人匪夷所思行徑，被人視為堅持信念的英雄，又被人當成沉溺於幻想脫離現實，行為盲目的可悲人物，這是西班牙塞萬提斯所塑造的反騎士著作。美國海明威獲

諾貝爾文學獎，有人批評他的《戰地鐘聲》粗糙凌亂，《老人與海》單調無味。多做多錯，不做不錯，但不做事也會受批評，至少父母會說，家門不幸，出了一個游手好閒的浪子。

他具有塞萬提斯和海明威筆下的主人翁特質。愛日本的台灣人叫皇民，他所做之事具皇民思考，因為要接繫台灣與日本兩地精神，這是念茲在茲的偉業，只是最後關頭出乎意料被除名。個人的衝鋒陷陣幻想騎士精神，缺乏權位的輔助，使渾身沾滿海鼠血水的他，成為將頭栽入水裡，又企圖在海起浪湧直走。如果人類肌膚是第一層皮，衣物則是第二層，那麼海鼠血水不成了他的第三層皮？

人具矛盾想記取某些事，基調變化又想忘記，忘不了時，又想去依靠某些力量。昂揚一世紀的嘉南大圳，天人合一的蓄水灌溉，對生態環境破壞接近零，正吻合普世價值世界遺產紀錄，卻因台灣無國際地位胎死腹中，秋日黃葉沒有歌唱就飄落在那兒喘息。世界衛生組織已變調，雖不被看見或不被重視，但一直都在那兒。殖民和被殖民同一靈長目，黑和白同一色系，就像墓園和房宅都是人類居住的地方。

不同的海域在同一交點，會呈現如何的波湧？如果依序承繼同一名字，在不知彼此情況下誕生和死亡，相互之間始終無法碰撞在同一頂點，有時甚至漁船的名號都還一樣，口音容貌特徵也都相同，但乘風破浪在名號之下，在海域之上的諸神，已經不發一言的離開了。詢問為何沒有留名，為何看不見海濤，就像詢問波湧為何不停留，一樣的毫無意義。

看不見的海濤之二，琉球漁民碑

• • •

為讓他們找到回家的路，
琉球久高島一匹雄駿白馬，
就這樣在北台灣基隆奔騰飛躍。

01

「墨菲定律」魔咒
發揮到極致

對討厭的事說不出討厭，
對喜歡之事總是偷偷摸摸，
缺乏力量在討厭與喜歡之間選擇。

◆ ◆ ◆

《一個女子的婚姻畫像》（圖 11, p.264），苦笑重疊的臉，交錯一隻蝴蝶，象徵著要她接受痛，回報以歌唱，這可能嗎？「為歷史作見證，為琉球移民討公道，衝到最後讓一個沒讀太多書的人養。建碑被除名，拿教職被革職，博士有何用，你已喪失做人資格了。」老婆的質疑已到臨界點，因為他剛做完八田與一，又栽進北台灣琉球碑的深淵大海。沒人在遭受責難與訓斥，還能愉快起來，但卻可從人們生氣憤怒中看到比獅子、鱷魚、毒蛇更可怕的動物本性，其實這些對他並不陌生，童年就是這樣長大的。

記憶就是生命，小時候赤腳到海墩採海菜，採得豐盛小手提得辛苦，總是滿足的提到井邊，洗淨後穿著雨鞋和外婆合力踩踏，讓沙石

滾滾流落而出。晒乾後和村人背著海菜到下寮，論斤秤兩賣給商人。結束後外婆會給他一塊，及長較有力氣，外婆就給他三塊錢。

生力麵是童年最豪華饗宴，一包兩塊每次手邊有一塊就花掉，來不及變兩塊錢，要存到可買一包總要等到半年。那年好不容易有兩塊錢，就到人多之處顯耀一番表示本人有錢了。有一次傳聞生力麵要漲價，心焦如焚緊握著兩塊錢直衝寺廟許願，或許跪得不夠，生力麵還是漲了。

海島多魚少肉，夏日夥伴有一種整人的遊戲，材料是葉子、樹枝、牛糞、報紙和繩子，主要是將牛糞假裝是豬肉，包好後放在路中央。如有人停下來撿，他們又跳又叫表示成功了，但也有失敗被追打的落魄，但他們精力旺盛總是常勝軍。看到被釣上的人將手中牛糞串拋得遠遠，並大聲幹叫死囡仔債，然而喊得越大聲他們越爽。冬日村莊會將地瓜藤晒乾綁成堆，準備作為牛隻糧食，他最喜愛躺在地瓜藤，想像自己是飛人，飛到天空去尋找星星月亮，沖飛之際卻是淚流滿面，因為感動自己的澎湃偉大，彷彿他已壯大變成超人了。

國小的膝蓋經常紅腫疼痛，一星期至少兩次被打之後的罰跪，老父認為罰跪太便宜，要他跪在刺利如刀的螺殼，雙手高舉盛滿水的大臉盆。餐桌下是他躲避苦難所在，這時老爸只能用腳踢，並遷怒老媽，老媽為討好丈夫，將他縮成一團的小身軀硬拖出來。童年在無數抽打並夾雜大人的「打汝就是替汝消業」聲中長大，肉體的痛已不算什麼，只是小小心靈對小小的滿足，依然有強烈的渴望，像軟綿小蝌

蝌是他少有的童趣。

在一次烈陽午後奔至海波堤和蝌蚪捉迷藏，正將捕抓的蝌蚪小心翼翼安置瓶中，並喃喃和牠們講個不停，這時鄰居同學說他爸爸在找他，棍子都緊握手中了。他將寶貝急速丟棄盡奶力狂奔回家，只是老爸並不在家，他放聲大哭，哭那被他丟棄的小蝌蚪，小小蝌蚪可是他大大的享樂！

童年數不清的修理，以致每天下完課，第一個飛入腦袋的憂慮，是否又要挨打。老師從他遍體傷痕知他的遭遇也不置可否，其實在學校他也沒有好到哪裡。

「我打錯了你走開。」被老師打一巴掌，小腦袋尚未意會過來，卻已聽到老師在叫下一位了。

遙眺基隆海域，坐在生命的海岸，他抓起一塊大石頭，使盡力道扔向海面，驟然的水花，層層撥開紗霧，清晰看到當年父親將他寫好的暑期作業，撕成碎片紛亂踩在咾咕石上，大聲向他吼來：

「汝作因仔，是按怎作的？去提汝的冊包來！」

危顫的小手捧著書包出來，老爸將書包重重摔向海墩巷道，他真的不知又犯什麼錯，讓父親如此動怒。其實一路求學成長中也一直和這種逆流作伴。大學讀的是紀律嚴峻軍校，學校為一個國家迎賓儀式操練好幾個月，這個緊張又重要日子終於來臨了。

「明天八時集合，看誰有斗大的膽遲到給我看看。」教官發出嚴厲叮嚀，全校幾千人唯獨他踏踏實實給他遲到。他說他不是故意，真

的等不到公車。

如果地上豎起一根針，從天上丟下一顆麥子，這顆麥子會插到這根針上的機會趨於零，但湊巧都被他遇到。凡可能出錯，必定會出錯的「墨菲定律」和他如影隨形，任何一事件只要具有大於零機率，就確定會發生。童年渾然小腦瓜被修理常出現的問號，不知哪裡又錯，之所以會犯錯，因為不知什麼是對。及長後，一灘情色血水不斷騷動著，如果男人和女人，想做著他們轉瞬即逝的夢，又不敢明目張膽，就會開啟一個追求、假裝、誤解、衝突和壓抑的故事，然後幻想的狂歡就此停歇。

「我沒害你，是你強迫管別人，管到一半就不見蹤影。是我承受壓力在處理事情，幸好我遇到好律師。你有什麼好慘，你講話很可笑耶。人在做天在看，不要把自己想得多了不起，以為你在幫人，我也因此看清你的為人，你不用再問了，法院會通知結果。」正當進出忙著為基隆立碑，踏入這塊海島，卻被海關迅速扣上手銬推入牢房，折騰老半天才知他以恐嚇勒索列入通緝犯。而害他陷入困境的易姓女子，竟然如此理直氣壯對他放話，當年他以為自己握住了生命輪盤，而今卻落到如此局面。

他能唸些咒語，是海港人使用的法術，叫進海法或叫邪術。他確信這種咒語能把海怪沖向設下的圈套，這種邪術不光是人對海怪，人與人之間也可用來報復。被人使用進海法，就注定在海裡游不出來，一年前他真的路見不平才使出這個法寶。

「你為什麼要和她離婚？」他是來勢洶洶。

「你跟我太太是什麼關係？竟然管到我的家事來。」

「你心知肚明，我是管定了。」他顯出流氓，撩起爭霸。

「你憑啥？莫非你是伊的客兄！」

對方已過了風流年紀，他正值男人特有的精力鼎盛，這場英雄救美他勝利了，只是一年後他被法院起訴，在異地就變成了通緝犯，看來咒語是有時效性。

如此輕而易舉讓他感到卑劣無恥，可稱得上是滑稽，也許熱情，就是無視對方的立場。愛與恨、善良與邪惡，把世界分成對立兩半，早在公元前六世紀《論自然》就提到，其中一半稱為積極，另一半是消極。在人世間打滾至今，知道求人的時候，先取悅對方，但取悅對象要搞清楚，才是真正的上策。這位被久高島民奉為英雄的人，那筆上百萬保釋金是他積極的自由之身，就這樣可以消極當恥辱之人。世間過分忙於做好事的人，反抽不出時間去做好事（圖 12; p.265）。對討厭的事說不出討厭，對喜歡之事總是偷偷摸摸，缺乏力量在討厭與喜歡之間選擇，英雄和狗雄是自然對立的兩半，至此「墨菲定律」魔咒發揮到極致。

02

台灣澎湖和日本琉球
有多遠？

一個皮箱,
是快樂的旅行,也是哀傷的逃難,
人生是一段段不確定的旅程。

◆ ◆ ◆

生長於澎湖海島對島嶼的感情,就像夜晚對太陽的渴望,雖然他是一個娘不疼爹不愛的人,當年如果沒有外婆,也許他已不在人世間了。回不去的是童年,生活在異鄉思念的還是那個作弄人的咾咕石巷道;忘不掉的是記憶,井邊、墳墓、地瓜藤、牛糞等等風味如影隨行。及長後取得博士那年,自動爭取偕同日本大城肇教授投入「島嶼研究」,前往金門、馬祖、澎湖、小琉球、綠島、蘭嶼以及台東等地,最後在基隆社寮島「萬善祠」塵埃落定。

1895 年台灣被日本殖民,1905 年琉球漁夫陸續到社寮島,琉球靈魂人物內間長三,陸續引進捕撈技術鏢旗魚到基隆海域。旗魚性情凶猛,需頂著風浪站穩鏢臺,依靠雙眼與使用 20 多公斤的三叉鏢

槍。獵捕此大型掠食性洄游魚類，每年九月東北季風起，就是漁人與海洋搏鬥的開始，難度之高堪稱水面奇特澎湃的藝術。這裡有移民物語的寫照，像澎湖人移至異邦的影子。

基隆社寮島海域，曾推著日本人回去，又湧來國民政府。台灣228事件不少精英被丟棄在此，其中包含30名琉球人。他們被手綁手一字排開面向大海，槍枝由背後掃射串串掉落。這個不和平島嶼，國民黨由戰前的社寮島改為和平島，意味著此地無銀三百兩，這是世人詐騙集團最擅長的玩意。其實讓詐騙集團得逞你也有份，所謂世人不就是你我。你有純真信賴之心，往往也是姑息罪惡的源泉，比起受騙的人，騙子要痛苦幾十倍，因為終究他要掉進地獄。

1895年至1945年間日本琉球人遷居基隆，台灣人提供住所，琉球人將捕魚技術回報，人類之愛處處飛，然而戰爭的悲歌也無所不在。日本投降琉球人被迫離開，也有一生的辛勞卻埋首異鄉，基隆人會將其遺骨祭祀在萬善祠。琉球人移居台灣，澎湖人移到高雄，點滴的移民情節就如斯的一脈相傳。唯有建碑才能記起台灣和琉球的友好，才對得起這些苦命的出外人，也表達台澎人對琉球人無盡的感恩。為保有這段快被遺忘的歷史，他日夜調查才知不少琉球人死於台灣228事件。

老婆說他幾世紀前，就是江戶時代的大將害琉球人走投無路，來到這世有一份愧疚與責任，就這樣不分晝夜奔波於基隆和琉球之間。或許被老婆言中，他就是1609年日本軍隊薩摩藩派他進攻琉球國，

當時琉球人沒武器抵抗，只能燒熱水倒下城牆薄弱的抵抗，很快就被
日本人的他占領了。

他這一世是琉球人，還是台澎人，身分有些混亂，連自己都不
知為何打拚台日關係，就被學校革職，上訴再上訴仍然原地踏步。其
實澎湖應不屬台灣，也不屬中國或日本，澎湖是台灣與中國之間橋
梁，而且和琉球有相同氣質，如風獅爺、石敢當、門前屏風（七美最
多）、咾咕牆及黑糖糕，甚至魚的名稱與絲瓜和澎湖完全一樣，澎湖
應與琉球同屬一國。他講得頭頭是道，但沒有一個重要人物會理他，
當然就是胎死腹中。

如果一個社會，有能力設置兒童護養機構，虐待兒童還是到處橫
行，因為愛心人士忙著如何減輕虐待件數；一個國家號稱有老人福利
會，但不會為死去的老人善後，因為始終忙著開會如何為耆老服務。
太宰治在《人間失格》說，和二、三個女人睡過的男人，是非常汙穢
不潔，但和千個女人睡過的男人，卻比處男還要純潔，他說目前這個
社會就是被太宰治言中，見怪不怪。

見怪不怪？其實他自己本身就是一例。澎湖長輩喜愛一句「天
光著愛開廳門」掛在嘴邊，意味著對祖先的崇敬。一句「食人一斤，
就愛還人十六兩」是知恩報恩的學習，此澎湖人特性，使得他想幹一
番事業來報恩，卻變成尚未在自己國度服兵役，即迫不及待到日本求
學，讓老母在家鄉替他接下數不完的傳票。在他的潛意識裡，日本比
台澎文明。

在此推論一下所謂的文明，早期澎湖人喜愛說國語，怕說台語洩露澎湖口音，看來台灣比澎湖文明。大西洋彼端越西越文明，喻如德國儘管出了希特勒，但比俄國文明，法國又比德國文明，英國則比法國更具高位置。然而諷刺的是，很西方的美國對中東人來說，是屠殺印第安人、搶劫郵政列車、弱肉強食的地方。

生命中最難處，不是沒人懂你，而是自己不懂自己。被殖民一詞，對韓國人是亡國，對台灣人只換一個政府而已。韓國人對歷史較具是非觀念，形成強悍的民族個性，這是他們受過日本外來的統治加欺凌所產生的強烈自衛。台灣經歷多次被殖民，特別在 1945 年 8 月 15 日二戰結束，台灣人前一天叫日本人，後一天叫中國人。太平洋戰爭結束，對國民政府來說，是勝利或是失敗？對美麗寶島來說，是悲？是喜？

三千多年前，古巴比倫第六代國王頒布一部《漢摩拉比法典》，就傳達一條人類進化法則，古往今來任何一條法律或教諭，都基於對稱性。然而，非對稱風險，一直存在人類歷史，像紅色代表喜氣熱情，也是暴力衝突。一個皮箱，是快樂旅行，也是哀傷逃難。人生是一段段不確定的旅程，而台灣澎湖和日本琉球之間，到底又有多遠？

03
在基隆海岸，
數著千疊敷

有價值的東西，

從得到那刻就註定有失去的一天。

然而看不見的海濤，

並不表示海域不存在。

◆ ◆ ◆

台灣是中國東南沿海的屏障，颱風來時基隆擋在最前面，是對岸中國東南的屏障。基隆大會廳中高掛著《屏障東南》石匾，1946 年史宏熹司令所題。石匾正前方聳立一長方型碑《國民政府主席蔣公介石蒞臨巡視紀念碑》，表明一股凜烈威武，是要來成就或是屠殺台灣人的劊子手？

「六百萬島民大多是中國人，歡迎和中國合併。」這是台灣1947 年 228 事件之前的報導。

「台灣人是平埔與先住民族的混同族群，是南島民族的起源地與中國較少關聯。台灣人是中國人，是中國人說的。」英國外交部立刻

糾正，因英國於 1860 年曾到台灣設館，對台灣知之甚詳。

　　台灣研究偏重漢人與政治，忽略台灣先住民族群是一個獨立歷史舞台，到現在機票還容不下先住民的姓氏。從基隆社寮島出土，屬蝙蝠文體的太古文石碑，證實台灣歷史有六千至一萬二千年，除石碑還有其他珍貴文物共數十件，台灣忽略其價值，日本將之珍藏於京都國立博物館。

　　不管時代如何變化，台灣文化歷史不會改變。台灣人的祖先是先住民，1896 年日本學者伊能嘉矩（1867～1925）在士林觀察，山上的凱達格蘭平埔族和街上的漢人，所謂漢人也是清國強賜姓的平埔人，其體格和臉上無法區別，因為山上和平地都是平埔族。經伊能嘉矩細心研究，證實了台灣人與日本人都是台灣平埔族後代。三萬年前美洲先住民是從台灣出發，經千島群島、阿拉斯加到北美。平埔族是典型的台灣鄉土，兼具台灣文化本土與前衛，足夠成就台灣傲立於世界舞台。

　　1900 年伊能嘉矩再搭乘福岡丸，自基隆到澎湖進行田野調查。迎著東北大季風馬不停蹄，乘著搖晃的船體，努力勘查媽宮、大山嶼、白沙、西嶼等地，認定澎湖史蹟豐富。時空經歷一世紀多，懂得感恩的一群澎湖子弟，2021 年以海島少年的奇幻一系列創作，感念伊能嘉矩在澎湖的踏查。

　　英國畫家培根童年喜歡變裝，這女性化的舉止惹怒他父親，這位父親試著種種辦法，試圖將兒子從同性戀泥沼中拯救出來。他找到以

男性氣質出名的親戚史密斯帶培根去歐洲遊歷，希望以此改變培根的性向，沒想到史密斯是放蕩雙性戀者在巴黎強暴了培根。二十世紀早期同性戀是弱勢群體，培根像一頭不安的野獸到處尋找自我。這種尋找出路是每個受盡折磨的魂魄，在盡可能大的自由中，漂泊再漂泊。

漂泊，像霧陣陣被紗藏在後頭，從距離到距離之外退走，形成無霧無紗無距離的旅人，於是會有一種現象似連環泡泡產生。旅人變成浪子，浪子變成失落者，失落者變成尋覓者，尋覓者變成愛人，愛人變成乞求者，乞求者變成可憐者，可憐者變成犧牲者，犧牲者變成重生者，重生者變成超越霧與紗遙遠距離的人。然後千萬年之間，一個這樣的人，旋進熊熊火燄化身所有形象，一個接著一個，然後開始，然後結束，如此的循環，一如地球的自轉，轉個不停。

漫步在 228 事件冤靈的走道，冥想死亡與來世。全球疫情搞得人心惶惶，重點就是害怕死亡。可曾聽到前世今生的信息，或許可以永遠和地球裡最年輕的一樣年輕，同時也和最老的一樣年老。生命每分鐘都有無數重複，好比希臘神話那位被懲罰的人薛西弗斯，不停的把巨石推上山頂，又從山頂推下來，如果相信這石頭是充滿光輝的礦石，那麼薛西弗斯每一步履都有成功的希望在鼓勵。常懷疑或害怕，那深不可測的天意會帶來什麼，但最後會明瞭，因果報應，一切安排都是天註定。

台灣人想從 DNA 驗證自己有否荷蘭血緣，但人種的混雜關係，並沒有所謂的「荷蘭人專屬代表基因」，倒是有機會在 HLA

（Human Leukocyte Antigens）看到歐洲人或不同於亞洲人的基因。探測根源和前世今生輪迴，是有共通法則，然而記得前世，住過何處，做過何事，難道不會更增加今世的困擾？《金剛經》說，過去心不可得，現在心不可得，未來心不可得，應該可以拿來自我勉勵一番，心境或許可以穩定一些。。

戰亂時期，日本琉球居民在台灣基隆張厝古宅空地，搭起簡陋房舍漸漸落腳。他們習慣把木盆頂在頭上拿著浴巾，走到附近中圳溪洗澡。家中有人過世無錢處理，只能簡單挖個土堆，拔兩根甘蔗插在土堆祭拜。二戰結束，他們又紛紛離開台灣回到自己家園琉球。移民生涯冷暖自知，在異鄉漂泊的心情，他感受深刻。

「日本戰敗了後，約三千琉球孤魂流落在此，阮將一堆的骨頭供奉在這个萬善祠內。」基隆居民用台語熱心向他解釋。

「基隆人的善心真正使人欽佩。」他若有所思回應。

「阮和琉球人關係密切，琉球人個性開放，完全無私將捉魚的技術傳予阮基隆人。」

「彼當時琉球人和台灣人相像，被日本人輕視，全款的命運就自然互相疼惜。」他一面講一面思考，這種可貴兄弟交流，如何喚起後代的記憶。骨灰罈他看在眼裡，這些人出外生活孤苦伶仃，死後無葬身之地，不就是另種澎湖移民的寫照？

「真的要設紀念碑？你袂使隨便戲弄呀！」骨灰罈主任慎重的說。

他想起初中二年級時被父親趕出家門，他隻身逃到台灣高雄尋找外婆。鄉村的東南西北，竟然和大都市的東南西北迥然相異。穿梭在都市的車水馬龍摸不著回家的路，他怯怯然跌蹱在一個大店鋪走廊邊緣嚎啕大哭。這條回家的路，經常被一條蟒蛇始終纏繞著。

「放心，我會盡力讓這些孤魂找到回家的路！」他嚴肅又迅速的告訴對方。

基隆海風隆隆襲來，彷彿當年被槍殺的無辜哭號，他欣慰撫摸著那尊象徵老船長的塑像，一手攜著魚叉，一手指向遠方。雕像主人翁內間長三在 1905 年來和平島定居，當地居民給予生存空間，內間長三則教導當地人「射魚」技術，是和平島台日良性交流中最為著名的故事。

經他來回奔波衝破無數的難關，甚至犧牲個人婚姻和職位還上法院訴訟，2011 年終於在基隆海域上豎立了這尊傲然的琉球漁民慰靈碑。他曾造訪被琉球人當作聖地進行崇拜的久高島，那是老船長內間長三埋骨所在。島民得知自己祖先如此受台灣人重視並立碑在基隆，淚光閃閃緊抓著他，要他多敘述阿祖在台灣的榮光歷史，好像看到久高島一匹雄駿白馬，在北台灣基隆奔騰飛躍。

坐在基隆海岸千疊敷，片片梯田林立像極了日本草蓆榻榻米，放眼望去聆聽海湧澎湃，訴說著一步一腳印的風雲浪伏。本可選擇什麼都不做，但他寧願忠於自己主觀的熱情，積極思考有價值的物件。豈不知有價值的東西，從得到那刻開始，就註定有失去的一天。為何會

這樣，沒有答案，即使愛因斯坦的相對論或四維時空，也無法解答。不要跟傻瓜吵架，不然旁人分不清誰是傻瓜。眺望基隆海域，看不見的海濤，並不表示海域的不存在。

看不見的海濤之三，
台灣人日本兵

• • •

台灣人日本兵，戰事所延伸的詩歌，句句是鄉愁。

不知道的事，比知道的事更有意義，

正是黑天鵝事件的基本邏輯。

01

台灣人日本兵，
您的魂魄在哪裡

把手握起再伸掌，除了煙霧一無所有，
但不時繚繞一個題目，
韓國能，台灣為何不能？

◆ ◆ ◆

從荷蘭侵占到國民政府偏安台澎，從澎湖港仔尾到琉球瀨長島，這條生命之河像靜默的黑夜和喧譁的白晝源遠流長。仰躺瀨長島溫泉想起和外婆的歲月，雖然潮水抹去奔跳的腳印，風把層層泡沫吹走，但琉球和澎湖的風起雲湧，永遠存在波濤的記憶。特別是客廳充當睡房緊依的小心房，常聽外婆唱七字仔褒歌解心悶的時光，外婆眼眶紅溼，他無知懵懂的淚水也跟著流落。

有一年，從琉球回到故鄉海域，探望井中游走的大肚魚，井邊奔跳的青蛙，還有一團團青綠海菜，只是那口和外婆相互滴落無數汗水的水井，任枯木遮蔽已是水乾封閉。還好牆角雜草叢生廢棄物中，躺著幾個懶散的油桶。他彎下腰觸碰斑痕點點的鐵桶，那段裝魚、儲存

魚乾和翻弄番薯籤的時光歷歷在目。

國小畢業那年，曾被安排到海上學習捕魚，首先於船上學煮飯、洗船、冰魚、掘冰，還要在大浪中克服暈船，一天睡不到 3 小時。那還事小，紡飛輪才是大工事，漁船啟動前先作鍬飛輪，等氣缸達到某程度的飽滿，再紡飛輪讓引擎啟動。現科技進步不用紡飛輪啟動引擎，只有船長和輪機長是台灣人，其他已被菲律賓、印尼、泰國、大陸、緬甸等外籍漁工取代，澎湖各處漁港已形成一個聯合國方寸世界。故鄉是進步很多，但還是有些失落。

最叫人心怡還是那順著燕尾屋脊的廟側，沿途凹凸不平的咾咕牆，穿過牛車道玩對打移位的遊戲，愈高愈有優勢，他常占這個便宜。大夥散了後，他會獨自去海邊捉螃蟹撿貝殼，在無邊靜默的海洋，撥除層層海湧岩石，站立水中大聲呼喊，也不知呼喊什麼，總感覺很爽，因為這時他就是國王。有時摔落全身溼透，回家被一頓毒打，過不了幾天就忘記，常被叱責愛討皮痛的死囝仔。

每當酷冷嚴冬村民虎視眈眈伺機到海邊撿死魚，三更半夜，只要人聲沸騰，自咾咕石牆八卦巷道，無論大人躡手躡腳，他絕對跟著爬起來。冷風刺骨凍得小臉通紅，依然緊拉著外婆衣角，隨著大人吆喝海浪拍打，他始終熱烈的跟著澎湃。

港仔尾對岸就是西嶼漁翁島，外婆上好的姐妹仔伴腰仔，就住在那個有三仙塔的島嶼。外婆三不五時，會提起這位好友。有次外婆從海邊提著籃子回來，竟然流著淚似乎要控訴什麼，但首先總是沒忘記

拉起他被老爸修理過還留傷痕的小手，問痛嗎？他猛搖頭，因為他急著想看籃子，外婆透早去海埔撿的物件，但外婆還是若有所思，將面巾帽仔緩緩取下，接著幾乎喃喃自語：

「可憐的腰仔，幾十冬攏過去矣，現此時，想著伊彼個日本時代去南洋作兵的後生，猶然目屎流目屎滴。腰仔怨嘆講，伊這個囝仔歹性地，袂堪著老爸不時的修理，就離家出走，後來才知影伊自願去作兵就一去無轉來，是生抑是死無半點消息。」外婆停頓一會，一邊起火一邊講：「最近忽然台灣政府撥新台幣幾十萬落來，講是日本仔欲予伊這個後生的賠償金。腰仔一直想，這個後生有可能佇菲律賓娶某生囝，但是領著這筆錢，親像弄破一個夢想，一點仔都歡喜袂起來！」

當時聽不懂外婆在講什麼，他只想看籃內的海螺和小螃蟹。想著海螺肉，腹肚嘰哩咕嚕作響起來，小螃蟹更是最愛的玩具，他可以一整天和小螃蟹玩躲迷藏，牠們躲到角落不見了，他會認真翻尋，有時會被夾到手指刺痛流血，但樂此不疲，最叫他驚嚇的是不知是否又惹起大人的生氣。每當老爸氣噗噗從熟悉的角落拿起牛鞭時，他會鑽入螃蟹常躲藏的飯桌腳。

「恁攏咧起肖？打囡仔打到這呢惡毒，毋驚有一日伊會起叛，親像腰仔的後生離家出走。」這時被外婆緊緊摟住，他可以感受外婆心臟猛烈的跳動。

如果外婆在會挺身而出，外婆也曾將腰婆仔的故事提出來供父

母警惕。嚴重時外婆會拎起包袱要回台灣打狗作威脅，好像這一招還蠻管用，至少有一星期不易引起爹娘的生氣。外婆時常自飯桌仔腳將他解救出來，但雙親的數落是不會結束，而且多半都是抱著「就是要看你哭號求饒」的心眼，甚至慫恿小弟戲稱他大卵葩，不必稱他為兄哥。他似乎生下來就沒有快樂的必要，在父母眼裡養這個小孩很丟臉。然而，視他為至寶的外婆過世，他沒有絲毫意願回故鄉送終。人的性格自己都很難捉摸，常不知不覺在自我矛盾與衝突中過一生。

卡繆為何在他的小說《異鄉人》，開頭第一句：「今天，媽媽死了，也許是昨天，我不能確定。」在葬禮他哭不出來，接著和女友去狂歡做愛，事後女友問他愛不愛她，他說不愛。卡繆以如此冷漠形塑主人公內心與現實的衝突，展示人與人之間的關係，或許荒誕才是真實的人生，在困境中感受荒謬，就是生命最大的意義吧。

沒能回澎湖為外婆送終，也許還有另一原因，就是那段時期一頭栽入研究歷史的深淵。太平洋戰爭是二戰軸心國大日本帝國和美國為首的同盟國，在 1941 年至 1945 年間遍及太平洋地區的戰爭。二戰末爆發規模最血腥的琉球戰役，而台灣的命運就取決美軍的一念之間，當時陸軍統帥麥克阿瑟主張攻菲律賓，因此跳過台灣，而產生琉球戰役，占領了琉球。而海軍尼米茲將軍（1885～1966）主張攻台灣，若實現的話，2021 年美國送來台灣 250 萬莫德納疫苗，就是保護自己子民的理所當然了。認真說來，台灣海峽是日本和美國共同利益，美軍基地設在日本琉球，對台灣是多一層保護。

　　二戰末為期 82 天慘烈的琉球戰役，是在琉球摩文仁丘陵一帶，因此 1972 年日本就在此修建了和平祈念公園，其中有美軍、韓國及日本的紀念碑。不分國籍、軍人、百姓皆將其姓名刻於基石，每年 6 月 23 日慰靈日，日本總理會出席為這些二戰戰亡者追悼，祈求恆久和平。然而和平背後不一定就是和平，為日軍參戰的台灣軍人 20 萬，陣亡 3 萬、失蹤 2 萬，卻在祈念公園缺席了。這段台灣人歷史記憶深沉的切膚之痛，但是中華民國政府傾繚於中日戰爭，認為這些人是為日本而戰；而日本政府，覺得這些犧牲者並非日本人，這時台灣人日本兵兩邊都不是人，誰來為他們主持公義，就像他是一個娘不疼爹不愛的孩童，感同身受。

　　小時候外婆提起西嶼腰婆仔的後生，作日本兵的悲傷故事謹記在心，於是中年不停聽到一首輕柔憂傷的歌，台灣人日本兵，您的魂魄在哪裡？為了台灣立碑，念茲在茲的公平正義正波濤洶湧。他狠狠抓起一把煙霧，伸掌一看，煙霧變成一群大肚魚和奔跳的青蛙；把手握緊再伸開，手裡沾滿一團團溼答答的青綠海菜；再把手握起伸開，掌心突站著容顏憂鬱向天仰首的鄭成功，為母親的自殺身亡，更加發誓抗清復明；又把手握起再伸掌，除了煙霧一無所有，但不時繚繞一個題目，韓國人日本兵能立碑，台灣人日本兵為何不能？

02

戰事所延伸的詩歌，
句句是鄉愁

不知道的事，
比知道的事更有意義，
正是黑天鵝事件（Black Swan event）的基本邏輯。

❖ ❖ ❖

激烈是達成目的必要手段，是韓國人特性，不管對錯，日本琉球島祈念公園，就看到這種屬性，因為最為醒目莫過於占地 606 坪，1975 年 8 月設置的韓國人慰靈碑，而且英、韓、日三語碑文，強有力訴說戰爭恐怖無情。日本為何僅為韓籍日兵設置，而歷史相同的台灣人傷亡比韓國多出三萬，沒能享有同等待遇。理由很簡單，除韓國政府激烈重視和理直氣壯，台灣還在戰敗或戰勝的搖擺地位，和韓國同心對外威力迥然相異。是非不分的年代，光明和黑暗，溫暖和寒冷，論點兩極化，應該不意外。

為二戰台灣人日本老兵權益，許昭榮在加拿大尋求政治庇護，1987 年回台灣繼續奔走。儘管鐵證如山，國民政府不聞不問，戰後

60 年政黨輪替，新政府也沒興趣談論這老掉牙議題。他對台灣政治痛心失望，2008 年總統就職日自焚而亡。許昭榮如果看清無論什麼政府，經常都在扮演黑天鵝角色，就不會平白喪失自己寶貴的生命。

千年之前歐洲人認知的天鵝都是白色，直到發現澳洲大陸有黑天鵝，千年來的認知一夕被推翻。黑天鵝效應出現在一般的期望範圍之外，會帶來極大衝擊。近代史中有太多難以預測且不尋常的事件發生，如 921 大地震、2007 金融危機、鐵達尼號沉船、911 恐怖攻擊、2020 病毒等等，它存在於各個領域。不知道的事，比知道的事更有意義，正是黑天鵝事件（Black Swan event）的基本邏輯。

日治皇民化措施不僅在平地，也深入原住民部落。日本人一等，台灣人次等，原住民三等，使當時原住民，碰到日本人總是自動矮一截。原住民具有本能直覺，可分辨狩獵，野豬、雉雞、山貓、蛇、蝦、鰻魚、青蛙、小蟲等等可食與不可食，在沒道路叢林又可來回穿梭，把游擊戰妙處發揮到極致，所以被迫參與一場國際戰爭到南洋熱帶雨林作戰，無數原住民菁英喪生在西太平洋島嶼。

英勇服從即使犧牲生命也在所不惜，這是高砂義勇隊充滿悲慘的印象。這些當年所效忠的祖國日本，到日本投降台灣子民回歸所謂中華民國，就少有人提起這段歷史。直到 1974 年，被稱二戰最後被發現的日本兵，自印尼叢林走出高砂義勇隊員李光輝，引起日本人道者的追索，才逐漸拼湊出一幅模糊圖像。日治前從未有國族概念的原住民，走過戰爭的高砂義勇隊又有怎樣的愛恨情仇，肯定當初這些可愛

族群，不知會有如斯情節發生在他們生命之中，這正是黑天鵝典型的範例。

二戰期間，台灣人當日本兵犧牲幾萬人，連死在哪裡都未知，比琉球漁民客死北台灣更叫人心酸。岡山大空襲、台北大空襲、東京大空襲，是台灣與日本共同的歷史。黑天鵝事件的發生相當罕見，一旦發生就造成巨大影響。種族、宗教、政治是人類三大禍源，而這些災難，卻是和黑天鵝事件息息相連。

人們所犯的最大錯誤，除了成為人以外，就是跟時間打交道，用各種方式，把時間搓得像團團麵包，還給這些麵包取名字。比如1945 年 6 月 29 日午後 2 時 43 分美軍投下炸彈岡山大空襲開始，但實際它只是一些裂開的碎片，或者說是團團即閃而逝的水銀球。第一次世界大戰或二戰德國納粹集中營，又變成一種電視或滿足好奇的娛樂，它之所以如此有趣，要拜撰述編輯導演所賜，畢竟經歷一戰或二戰還活著的人近乎零。

不過站在同類陣線，不得不為人類辯護一下，不管歷史哪個朝代，包括亞當和夏娃時期，人們都曾走到這步田地，除了伊甸園時代，這些遊戲早就進行到可以叫人瘋狂的程度，就算剛開始沒打算這麼瘋，然而這些叫人瘋狂的遊戲，卻一直持續到現今。好比愛與恨，戰爭與和平，自由與保守，還有一念之間，分不清哪裡是開始，哪裡是結束的戲碼。

這世界不是靠共識運轉，倫理規則也不是放諸四海皆準，如要談

社會公義，就要了然於心什麼是對稱和風險分攤。在混亂與隨機的世局裡，空口說白話的人太多，揭穿歷史隱藏的不對稱，沒有切膚之痛的政客或學究，是從不必為所採取的行為造成的後果付出代價。

有人想對公平正義作出一番貢獻，也許又步入另一個題目，因為太多人習慣戴著面具辦事，會因為號稱愛國而到處尋求支援，進而致他人陷入公平正義圈套。法國大革命後，出現的民粹主義，又牽出另一個暴民。生活特點是不確定性，隨機現象比比皆是，大起大落發生在須臾之間。當隨機性的黑天鵝出現時，可能一夜暴富，也可能一次失誤中回到原點。儘管老婆已提出離婚訴訟，學校革職正式成立，他已下定決心要為這些台灣人日本兵爭取公道。生命中的輕和重相互較勁，黑天鵝所延伸的效應，到處充斥不確定的世界。

不管如何，活著就是本錢，太多族群也幾乎夾縫求生，只要活下來，讓所有事情看起來合情合理，這樣會感到幸福，就不用太緊張，也可以把悲慘的戰爭，譜成詩歌變成一個解心悶的樂園。芭蕉布和刺桐花是代表琉球詩歌，13 世紀古琉球就有芭蕉布，雖硬但通風輕便，是琉球不可缺的布料。琉球青青天空，株株紅芭蕉，由七五調詩旋律成為民謠的芭蕉，深植琉球人。4 月盛開的刺桐花像一長串爆竹，1945 年美軍在琉球本島進行作戰，日本姬百合女兵部隊為國全部玉碎，一首紀念犧牲者的島唄「刺桐花盛開，狂風呼叫，暴雨欲來」，以三味線伴唱淒厲調性，牽出戰爭的殘暴。

也是澎湖人的台文詩人更以台語發聲，牽出台籍日軍的歷史證

據，順著太平洋流從琉球海風流向台灣海峽，戰事所延伸的詩歌，句
句是鄉愁：

歷史的花櫬，謝落千萬予人袂記的花葉。
汝的命運，勇敢為世界太平洋戰爭犧牲。
汝的跤步，用血汗獻出台灣軍的精神。
汝的魂魄，閃熠在每一片海湧中的花蕊。
日夜的見證，是一粒深鎖記池內的金果。

03

真相
需要謊言來保護

潛隱的海域，看不見的海濤，
不是目光之所不能及，
而是心不在焉，被忽視所致。

◆ ◆ ◆

琉球與台澎的牽連早就存在，從地理位置琉球南邊島嶼，能看到台灣中央山脈。1942 年間前澎湖廳長大田政作，以及澎湖名產黑糖糕創始人丸八，都是琉球人。黑糖糕與鏢魚都是琉球人教台灣人的。琉球有澎湖 18 倍大，琉球 200 多島嶼，澎湖 80 多島嶼，琉球和澎湖息息相關，都有海島獨特氣質。潛隱的海域，看不見的海濤，不是目光之所不能及，而是心不在焉被忽視所致。其實這些藏匿的東西一直存在，只有在日常生活的剎那裂縫，以及懷抱著熱情，才能覺察這些角落。

台灣人移居琉球分好幾批，第一批是戰前，第二批是 228，第三批是甘蔗工人，第四批是 1972 年琉球回歸日本，他算第五批。歷史

饗宴不是每個人都有，雖然還原台灣歷史證據是台灣人共同責任，但牽涉到政治，真相會變成魔幻彩鏡，他只能透過私人的堅持，2016年8月15日終於由日本神風特攻隊提供28坪土地，比韓國碑小20幾倍，也遲到71年，但有比沒有好。他常自我調侃，他是為了讓台籍日軍的魂魄有一個著落點，好不容易完成了，但接下來還有一項重點，韓國碑有韓國總統署名，台灣碑誰來署名？因尚未有總統府的來函，於是他想出一個瞞天過海的手法。

想像力並非與生俱來，而是由老師父母的培養。曾經有一段時間，想像力非常重要，因為它是娛樂以及避免傷害的主要來源。21世紀80年代，200年來澎湖漁民首次寫下放生海鼠回大海的紀錄。不像往昔每年12月到次年3月成群海鼠洄游，村民就將海鼠出售到香港台灣海洋世界表演，或給予宰殺送至魚市場。這故事背後重點是大人不再殺海鼠，致使一位男童在哭泣，他失去那片可以避難的血海，想像力的迴路始終在腦中持續建立。

1624年具雙性戀的海盜鄭芝龍，乘船離開日本到台澎，而他日本妻子就在日本千里濱，撿拾海菜時產下一男孩，他就是鄭成功，後來人們將這塊石頭叫兒誕石，這年正是荷蘭占領台澎的一年。鄭成功童年每天與母親在千里濱採海菜追逐玩耍，母親對他說：

「海的對岸就是澎湖、台灣、中國，也許就是你將來要去打拚的地方。」

鄭成功被母親言中，1661年他每天晨曦漫步澎湖海邊觀察潮

汐，準備進駐鹿耳門擊退荷軍，以台澎作基地為抗清復明而戰，但最後他將大本營移到台灣，使得反清士氣崩潰。每個人只能有一個影子，鄭成功一人卻引出影子千千萬，使幾千萬別人的影子跟他轉。以台灣角度來看，鄭成功是殺戮台灣祖先的盜寇，得或失，貶或褒，歷史會說話。

另一位常被父親用牛鞭抽打的澎湖少年，和外婆常到海邊撿拾海菜，以及腰婆仔後生當自願兵故事，長大後留學日本金澤，金澤北方有一段沙灘也叫千里濱，和鄭成功母親在千里濱產下鄭成功的海景一模一樣。腦袋裡的想像力迴路，就算對最細微的暗示也能做出反應，何況他和鄭成功的命中大場景幾乎類似。

台灣之碑揭開歷史真相，直接切入二戰歷史爭議，就要在日本琉球公園冉冉升起，正對著太平洋西南方的台灣，讓這些英靈找到回家的路。鄉愁，隔不斷的海水，永無止息緩緩而來。只是揭碑在即誰來署名，當台灣政府還是中華民國，曾經和日本對立的國，要她署名是尷尬的，雖然新政府表明會比國民政府做得更好。然而 2016 年 6 月尚無確定信息，接不到台灣總統府答應為台灣簽名的消息，揭碑已迫近，世界各國都在面對真實歷史，21 世紀的台灣還處在曖昧之間。

他只好決定模仿日本江戶時代的宗義智偽造國書，大膽的刻上署名總統蔡英文，是非功過交給歷史長河。就像明朝遺民對鄭成功不諒解，就鄭軍來說，前往台灣造成內部士氣的崩潰。他和鄭成功擁有相似想像迴路的人，能從別人的臉看到故事，然而看到真相需要謊言來

保護。

　　說一下宗義智偽造國書的故事，那是日本戰國時期豐臣秀吉統
一天下之後，野心勃勃想併吞朝鮮半島，於是發生了宗義智偽造國書
事件。當時曾流傳一句話「織田播種，豐臣收成，然後被德川一口吞
掉。」偏向非鎖國的德川，想和朝鮮恢復邦交，但是朝鮮要德川以國
書表示誠意。主事者宗義智（1568 ～ 1615）判斷德川不可能接受這
種條件，因為日本是上國，朝鮮是下國。為使事情順利完成，為了打
破上國下國的糾結，他偽造了國書。

　　16 世紀的宗義智應該想不到 21 世紀有一位澎湖港仔尾的人，為
了台灣人日本兵立碑簽名事宜，有樣學樣，學他偽造國書的壯舉，如
果他地下有知，是要悲還是要喜，不得而知。有一項可以證實，這時
的偽造國書，像燒焦的大地有喘息的空間，是非顛倒的歷史空間可以
是兩極化。

　　曹雪芹是差勁說故事人，但有個原因，讓世人不得不把《紅樓
夢》，歸為世界名著，因為曹雪芹告訴世間眾多真相。真相是人們對
生命的認識有限，不知什麼是好，什麼是壞，以致問題一直存在。世
事常有這樣事件發生，努力取得別人信任後的利用，傾其所有之後的
陌生。

　　太多假象，太多面具，須透過偽造才能負負得正。而建立台灣人
日本兵之碑在琉球，種種真相還需要謊言來保護。然而紛紛擾擾謊言
之下，也會留有些許真相，2018 年台灣前總統李登輝，為台灣人日

本兵立碑乙事，瀟灑落實的提了字「為國作見證」，似乎平衡了謊言的重量。

台澎和日本琉球海域的
愛恨情仇

● ● ●

人與人之間距離有多遠，像幾何學上的線，

那根線是用《悲心》畫成。

01

喜悅不過是假象，
苦才是真實

中美日三角關係一直曖昧，
台灣又是美日周邊的安全，
四國之間形成不單純的漩渦。

◆ ◆ ◆

2015 年阿子站在某一街道，是日本最南的縣沖繩（日本語發音：Okinawa），台澎人稱琉球，有時搞得阿子以為琉球是屏東的那個小琉球。這天突然陣陣鑼鼓鞭炮響徹整個角落，這個縣市十幾年來，不曾見過如此激昂的群眾沸騰，原來是居民要美軍基地滾出琉球，這是有歷史背景的。

琉球群島曾是獨立王國，19 世紀先遭日本帝國占領，1945 年又被二戰美軍進攻，戰事死亡人數超過總人口三分之一。戰後美國暫管琉球，直到 1972 年才把琉球歸還日本。但軍事仍不放手，嘉手納美軍基地占琉球市很大面積，日本當局對琉球人要求撤除美軍一向充耳不聞。琉球人爭取獨立自決，抗議美國長期駐軍琉球，聲浪愈來愈

高。

　如未能如願，這是琉球人永遠的鄉愁，《鄉愁》不僅是諾貝爾文學獎得主赫塞成名之作，也是國家和個人，生命脫困中呈現的斑斑痕跡。站在琉球街道看到琉球人的激動，阿子同樣有這樣的情緒，她的鄉愁是母親在對岸，她永遠在此岸，1958那年母親回澎湖外垵，返厝作墓韭菜還願後，回到高雄發生斷腸事件，是修墓時辰不對，或是八字輕冤魂纏身？

　對琉球人的怒吼可以理解，因為政治的運轉，服從就等於支持，如果對政治人物唯唯諾諾，民主只是社會集體的虛妄幻象，將無法永久持續。但是從另一角度，美軍不只保護琉球，也在保護台灣，他們同樣都要面對一個黑暗的帝國。

　中美日三角關係一直曖昧，台灣又是美日周邊的安全，四國之間形成不單純的漩渦。日本有難台灣捐一次，日本永遠感恩；中共有難台灣捐好多次，他的飛彈還是對準台灣，也對日本放話，日本敢救助台灣，就用核彈炸到你日本投降，何以有如此差異，關鍵在受害者心態的強弱。深陷受害者心態，別人對自己好是理所當然，別人讓自己不開心就要對方十倍奉還；無受害者心態，別人沒有對自己好的義務，且受他人滴水之恩就湧泉相報。

　1853年美國海軍准將培里（1794～1858），率領艦隊逼迫江戶幕府開國，這個黑船事件，引發日本幕末時代一連串流血戰亂，之後美軍對日本又丟了原子彈，照理說日本應有許多仇視。正相反，黑船

登陸的橫須賀市，如今立著培里紀念碑，感謝他促使日本維新成現代國家，日本是以正向思考沒要美國道歉，宣揚受害者心態的左派，在日本向來是不得勢。

至於中國，鴉片戰爭以降的西力東漸，全被視為中國的禍害。首任中國外交大使是美國人蒲安臣（1820～1870），他主張門戶開放，讓中國免於被列強瓜分，如換成日本，不知要蓋幾座蒲安臣紀念碑。沉溺受害者心態的中國，永遠只是滿口萬惡美帝，甚至台灣、香港反抗運動，也將之視為美帝的煽惑。

西方哲學家社會主義創始人馬克思（1818～1883）說過，宗教是人民的鴉片，讓壓迫宗教行為的人取得了合理性。馬克思講這句話是在1844年，當時醫學尚未成熟，鴉片是唯一止痛藥，人人都可使用，馬克思也吸過，他感激鴉片帶給他短暫的放鬆，同時意識到宗教能讓陷於困境者得到寬慰，他完全沒有譴責宗教的意思，他的話是漫不經心的話家常，並非什麼正式宣言。

然而，前蘇聯領導人史達林把馬克思的老生常談當政令，而這一脈相傳的中國獨裁者也一樣，可以名正言順驅逐僧侶和教士，因為這些人會破壞他們偉大事業。希特勒給他偉大的黨取名國家社會主義，與中共的馬克思社會主義雖相對，但有一共通點，都犯了人類屠殺罪，中共活摘器官比納粹還殘酷敗德。社會主義只是一個名詞，如同資本主義，表面對資本的分配對立，最後都是剝削，任何主義都變成恐怖主義，最後受害者是子民。

　　沒有一個制度是完美，只有用善美之心，擷取各制度之優點，才是世界福祉，北歐國家就是將資本主義與社會主義調和施政。只是人性有高貴的一面，也有邪惡的一面，任何制度都需兩者兼顧，若一味訴諸人性高貴的一面，也許正好為人類軟弱乃至邪惡的一面，開了方便之門。

　　西諺有言，若無苦難日，哪有復活節；《地藏經》說，閻浮眾生，舉心動念，無不是罪。回頭看看這些人，像耶穌、佛陀他們都用自己的方式，該怎麼做才更仁慈，才能讓這個世界少一點痛苦。每棵樹都不免有蟲子，每個社會都不免有缺點。病了的樹需要啄木鳥，病了的社會需要子民自求多福。人生入戲，菩薩觀戲，生活可以認真，但不能當真，否則你一刻也活不下去。

　　人類一直喜歡臆測過去幾千萬年所發生的每一件事情，歷史書主角始終叫人著迷又叫人害怕的臆測家。可以打一個比方，老子和秦始皇，一個是優秀的臆測家，一個是糟糕的臆測家。歷史各朝代市民百姓，就和我們現在一樣，總覺得自己學問不夠，確實也是這樣啦，所以大眾也沒什麼選擇，只能選擇相信這個臆測家，或那個臆測家，來填補自己所欠缺的學問。

　　東方以日本為例，幾千萬年前以來，一直重複一個政權被另一勢力奪走，天皇世系一尊與幕府群起交替，然後往北方征服北海道與庫頁島南部，成就人類的武士精神。幾世紀的戰爭一直重演，一切似乎煙過雲消，但是日本俳句之源《連歌》、中世紀表演藝術《猿樂》、

繪畫藝術《浮世繪》、茶道、園藝，就自成一格留了下來。整個人類歷史，戰爭不能被否定，必須生存下去或者死亡，荒謬亦復如此。如果這是一個必須共存，並且使這些教訓一再產生，那麼荒謬的喜悅最傑出的角色，便是藝術創作。

西方英國哲學家羅素，因反對自己國家參與第一次世界大戰而坐牢，後來又支持和納粹德國作戰，他意識到希特勒必須消滅，否則將給人類帶來災難。任何戰爭都是罪惡，但特殊情況下，戰爭或許是眾惡中較輕的一種，比如不得不打倒更邪惡的那一端。

有些臆測家真的很有說服力，拿破崙一生奪取權力功過難論定，希特勒能說服德國屠殺猶太人，因為他拯救了德國人。這些人確實給人帶來某種程度的佩服，因為能忍受人們無法理解的可怕磨難，比如胎死腹中，說了不算數，他們最厲害是給人們一種錯覺，以為不論是好或是壞都有辦法解決，像台灣早期的反攻大陸，同胞們絕對相信偉大領導者的膽識，就是典型的一例。

事實上，臆測家並不比普通人知道更多，甚至有時更少，但他們就是有本事將謊言說成真理，說他們正日夜奔波為子民福祉打拚。從更高層意義來說，謊言可能是真理的形式，一種最具有欺騙性的形式。台灣有一首兒歌「哥哥爸爸真偉大，名譽照我家，為國去打仗，當兵笑哈哈……」被教導戰爭好神聖，難怪戰事不斷重演。

有人具有說服性的臆測能力，一直被奉為領導者，從古到今流傳甚久，大眾也就習以為常。雖然如今所有資訊能掌握在手中，但這星

球大多數領袖們，還是希望能繼續臆測下去，讓人們聽從。當今世上
獨裁狂妄的臆測，正大肆流行甚至用疫情控制人類。民主謊言更是掃
蕩全球，因為人民嚮往的民主也好不到哪裡。

地球超載著對立、衝突與危機，場場風暴如海嘯般湧來。俄羅斯
攻打烏克蘭，被摧毀的烏克蘭似乎正走向毀滅道路，俄羅斯也好不到
哪裡，普丁也陷入泥淖之中。只是此時此刻，我們的祖國台灣在野黨
連副座竟然語出驚人，認為台灣應該收留烏克蘭難民來拓展台灣的基
因，這是把人當動物使用或是所謂的人道精神？

21 世紀人們就這樣被釘在矛盾的十字架框框，話說回來也不必
太過悲傷，早在羅馬時代，人類就處於神與禽獸之間，時而傾向一
類，時而傾向另一類，有些人日益神聖，有些人變成野獸。想想經歷
過的事，想想一切重演如昨，甚至還會無休止重演下去，這個荒謬虛
無的人世間，處處交融成不願醒來的夢境，也知道這世界甚至無處可
容身。世間掌權者嗜權如命，是一群對權力瘋狂著迷的動物，我們這
些小市民要懂得養成把頹廢帶進絢麗繁華世界，至少不會隨波逐流迷
失方向。只是夜深人靜時，不禁還是要問弄權者，你憑什麼審判我的
靈魂，讓我無所適從！

兩千多年前佛陀諄諄教誨，所有物理現象包括桌子太陽月亮、生
理現象、所有善、不善、非善非不善的心理狀態，一切感知的對象都
是苦。每天清晨，當公雞報曉，離開床榻時，你是否願意說：「喜悅
不過是假象，苦才是真實。」這樣你會感謝神，把你生在這個連窮人

也過度肥胖的國家，不再嘀咕他憑什麼審判我的靈魂。

　　不管理性或非理性，美麗或醜惡，都已死去，就像八世紀丹麥和英格蘭之戰，雖丹麥語差點就成世界語言，也無須對此過分在意。那麼聊一下現代情事，幽默家建議，練習各樣形式發聲，無論多麼糟糕，它可以使靈魂成長，那麼來說說台灣人移民琉球的愛恨情仇吧。

02

琉球八重山的
台灣人

身為台澎人尋找祖先足跡，
琉球和台灣的關係是其中一環。

◆ ◆ ◆

發掘歷史真相尋找祖先腳蹤，是小市民除生存之外必須關注的課題。然而發掘真相須了解一項定律，謊言可能是真理的形式，是一種最具欺騙性的妙法，來看看蔣介石和琉球一則微妙的事蹟。

1943 年美國總統羅斯福在開羅會議曾對蔣介石說：「琉球群島是日本用不正當手段搶奪，理應收回。琉球離台灣比較近，而且歷史與台灣也緊密相連，就交給貴國管理。」

「琉球問題複雜，中美共同管理為好。」蔣介石回應。

蔣介石的態度，羅斯福感到不可思議，因之二戰後美國很自然占領琉球群島。太平洋戰爭期間，琉球群島成為唯一被盟軍攻占的日本領土戰後被美國接管，後來 1953 年與 1972 年分段交還日本。此後蔣介石很後悔，就在東港附近小島取名為小琉球，並向下交代，當然此

刻謊言是唯一真理，他說：「羅斯福要把琉球交給我們，只有少數人知道就不用向外說，如人問及就說沒有條約根據。」

國民黨之所以丟掉中國江山，不是因為毛澤東有多厲害，而是蔣介石集團貪汙腐敗，摧毀法定貨幣的信用，造成惡性通貨膨脹，最終遭中國人民唾棄，狼狽敗逃台灣。這些偉大或可能是卑鄙之事，就交由了解個中滋味常犯錯、愛說謊的無賴去穿梭。你不覺得這群所謂的民意代表，可以奮力耍把戲浪費精力在這些事忘了服務市民的真義嗎？看來小市民認真尋根比較有意義些，小草的腳步雖小，但卻擁有踏過的土地，那是多麼的扎實！

羅斯福說過：「琉球位置離台灣近，歷史與台灣更緊密相息。」確實正確無比，福爾摩沙腔環蚓種群就是證據。台灣本島和琉球的與那國島曾連在一起，台灣與南琉球在生物密不可分。南琉球除了與那國島，還有石垣島及西表島，幾個島上的蚯蚓物種都能拼湊出更完整的相互牽連。

身為台澎人尋找祖先足跡，琉球和台灣的關係是其中一環。如要成為與眾不同的凡人，那麼蠟燭精神可以參考，蠟炬成灰淚始乾，具備燃燒自己的勇氣。燭光沒有日光燈明亮，也缺乏霓虹燈豔麗，但能引人溫暖喜悅發人深省，不一定要等時間的考驗才能證明。

再往前一點來看，古代所稱琉球泛指台灣與琉球，明朝中期才分為台灣與琉球，而且琉球和澎湖，地史風情更像，無論風獅爺、石敢當、珊瑚牆、黑糖糕以及門前屏風，特別在澎湖七美最多，也都有

培墓的習慣。琉球是全日本唯一有清明節地方，比起日本人的拘謹內斂，琉球更近於台灣人的熱情直爽。琉球習俗都以母性為主，有別於日本本土的男性主義，也別於他的兄弟台灣。

　　八重山群島，不是一座山，也不是八座山，是琉球西南島群名稱，指石垣島、竹富島、小濱島、黑島、新城島、西表島、波照間島、由布島、鳩間島、與那國島等有人島，以及周邊無人島。這些琉球列島類似澎湖群島，號稱澎湖外垵人的阿子，這輩子在澎湖造訪的島嶼不會超過五座，但一趟琉球行卻走訪十座島嶼。在久米島博物館看到古琉球墓碑，像極人體母親子宮，人過往後又回到母體安息。身為母親和女兒的阿子，觀看這特殊人生終點聖地，她閃出一幅觸動的畫面，靜默的黑夜宛如一顆母親的心，喧譁的白晝有如孩子的美，尤其到最像澎湖外垵的竹富島，她幾乎是奔跳像踏在母土柔軟的懷抱。

　　屬琉球的八重山群島離台灣很近，日治時期不少台灣人移民去當礦工，並從台灣引進水牛、鳳梨，對八重山群島的開發大有貢獻。戰前數百台灣人移居石垣島與西表島，二戰末期日軍潰敗，美軍漸逼進日本本島，這時八重山群島的台灣人，以及 2 萬本地琉球人，紛紛疏散到台灣躲空襲，這兩種人剛好見證日本戰敗，國民政府接收台灣的混亂時期。卑小流浪者，把他們的足跡，散播在異鄉的字句裡，清清楚楚見到歷史的軌跡。

　　移民之路介於戰前戰後的八重山台灣人，雖不幸但也幸運，看盡日本被盟軍節節逼退，和國民政府從中國被共產黨擊退逃來台灣段段

的事跡，那是課本和一般人很少提及的二戰另類歷史。1929 年出生於台灣日月潭頭社動盪時代的阿婆，就在異國石垣島這片貧瘠土地撫養 7 個孩子，如今有 27 個孫子、46 個曾孫，成為八重山群島台灣移民中，最龐大的家族。

「阿婆，汝真骨力，每日透早閣愛這呢拍拼。」阿子隨著對方用台語，並蹲下幫忙去掉豆芽頭尾可賣到好價錢。

「少年幫忙翁婿，食老協助後生。」為母則強的阿婆欣然的說。

有人問她幾歲她都回答 29 歲，原來她心中都停留在 29，保有活力的秘訣？阿婆開始有力的敘述她那一段艱困的歲月，特別論及她童養媳的日子，似乎才是昨天的事。

「查母人欺侮查母人才是惡毒，養爸真疼我，後來予養母講伊是咧數想我的雞，真夭壽啊。」

幸好 15 歲那年丈夫出現，1944 年將她帶到石垣島過新生活。移民八重山群島台灣人分兩類，一是 1912 年到 1926 年大正時代到西表島當礦工，一是 1926 年到 1989 年昭和初期到石垣島作農民。

「彼當時，伊看我已經予養母虐待到不成人型，阮連包袱仔嘛無提，就透暝坐船逃來石垣島。阮是來作農民，自然加入林發創辦的鳳梨會社，三年後翁婿就來過身。」她抬頭望了望高掛在客廳老公年輕時英俊已泛黃的相片，他已離開半世紀了。阿婆失去另一半，分秒就走在無國籍的搖晃鋼索。1945 年以前因同屬大日本帝國，不少台灣人渡海到八重山打天下。當時一等國民是日本人，二等國民是琉

球人，三等國民是台灣人，而她連三等國民都沒，因為他們是偷渡而來，那是串串心驚膽跳的日子。女人淚珠下的眾生，正是她一路來的風景（圖13, p.266）。

而今阿婆還是忙上忙下，兒媳都在外忙著青果發落，這天談話告一段落，她緩緩站起未能伸直的身軀點一炷香插在香爐，雙手合十唸唸有詞，這是他們溝通方式。有淚水可流是幸福，阿子偷偷擦拭淚水，繼續凝聽阿婆原鄉記憶以及離鄉哀愁，90幾歲有超強記憶，這是上天給她另類的補償。

「1972年琉球閣再歸還日本，政府容允濟濟的移民歸化日本籍，我和後生查母囝順勢才提著日本市民權。少年戀戀過活，嘛無時間怨嘆，每日透早透暝去鳳梨會社削鳳梨，連啄龜（打瞌睡）嘛咧削，汝看我的手指頭削到減兩隻。」阿婆伸出八隻手指的雙手。

「阮作工人雖然辛苦，但是頭家林發愈是無簡單，伊是喊水會堅凍的人。」能體諒別人會過得快樂些，而身為母親，她的面容縱使千瘡百孔依然亮麗富貴。

日治和戰後時期，林發（1904～1978）持續帶領台灣人到石垣島開拓鳳梨業，其落腳之處是名藏和嵩田，而今已成為農業重鎮。台灣人不但開啟當地鳳梨產業，更帶領琉球長達六十幾年罐頭風潮。台灣人具水牛幹勁，引起當地人恐慌並採取反抗，不許台灣水牛入境，不買台灣農產品，不受僱於台灣人，台灣人常被罩布袋毒打，或潛入台灣村縱火。阿婆認為新移民作苦力有錢賺，林發奔波化解衝突才是勞心勞力。

這群琉球八重山的台灣人,《凡走過必留痕跡》(圖 14, p.267)。

石垣島是八重山群島人口最多,距離琉球本島 410 公里,但離台灣東部只有 270 公里。最西邊與那國島離蘇澳只有 108 公里,她望鄉方式就是打開收音機,凝聽故鄉的訊息。

「我佇石垣島收聽台灣宜蘭、花蓮的廣播電台真清楚,以前逐家攏咧罵馬英九,即馬閣換一批人咧罵蔡英文,政治予人茫霧,我是看代誌爾爾。」不掉進藍綠漩渦的阿婆是聰明人,是就是,非就是非,不過世間事沒那麼單純,何況可以叫人發狂的眾人之事。

那天煙雨濛濛,造訪 2012 年建的「台灣農業者入植顯頌碑」,就在優美的名藏水庫旁。雨中濕地冉冉昇起,那可是來自勤奮卑微台灣人偉大無聲的讚美歌。一路和風雨坎坷同駛,世代就在此落地生根,一片曠野農作都以青果批發討生活。林發後代還在經營石垣島青果,這位移民第二代的兒子到日本本島讀書,牽手是不會說台灣話的日本人,他期望兒子學成回石垣島。日本屬地震帶,陸續日本富豪都來八重山置產,比日本本地人長壽。

「不準備回台灣?」他猛烈搖頭,原來是一樁財產鬩牆事件,使他不想回那傷心地。阿子的伯父是澎湖西嶼外垵富翁李子天,他的子孫為遺產糾紛到第四代還在烏雲之天。這世間本是同根生相煎何太急的戲碼不斷重演(圖 15, p.268),同住在琉球的日本長笛家矢野実對鬩牆議題,也心有戚戚。只是身為日本人的矢野実想到台灣定居,和身為台灣人不敢回台灣,成為一個有趣的對比。

03

日本音樂家矢野实的
台灣夢

人與人之間有多遠，當悲心成曲線，
咫尺如同天涯；當悲心成直線，
遠在天邊也像近在眼前。

◆ ◆ ◆

「我決定到台灣定居。」矢野实說。

「為何要放棄琉球舒適生活？」

「妻子喜歡琉球，我喜歡台灣，結婚之前有約定，不能干涉我的
音樂生活，每個月我會回來但以台灣為主。」矢野实想了一下又說：
「只是還不知哪個縣市需要我，台北？澎湖？高雄？台東？」

阿子真想問這位台灣痴的日本漢子再婚妻，這種藝術家特異性
格，她受得了？

「你很勇敢，不過太快下定決心。」

「人！遲早會離開世間，如果不畏懼死亡，就沒什麼事好害怕。
我的座右銘，實現夢想要有孤獨的志氣，把這段話放在胸口，且準備

用在台澎未來的生涯。」矢野实如是說，台灣詐騙集團已成為全世界公敵，但矢野实充滿對台澎人的信心。

出生東京的他早期對雅樂很痴戀，這種神社古典音樂有三大類，吹物、彈物、打物，隨著二戰逐漸流行起來。後來經歷歲月洗練，矢野实因緣際會從東方雅樂轉移到西方古典旋律，特別是長笛吹奏，如此遊走東西方，促成他往後不論在東京、福島或琉球，混合東西方元素的三絃、古箏、鋼琴、吉他、長笛等樂器，成了樂團靈魂人物，最後又愛上了台灣，整個專輯又繞著海島，正在日本和台澎盤旋中。

生命處處是真誠的試煉所，由於樂團關係矢野实大量吸收到日本福島長笛學生，福島成為他第二故鄉。然而這肥沃土地卻在 2011 年 3 月 11 日發生災害，成為 21 世紀共同苦難的記憶，是日本戰後最大天災。福島災難台灣是全世界伸出最大援手的國家，福島南三陸醫院老人公營住宅，是台灣無數愛心所落成，叫所有福島人刻骨銘心。

福島音樂朋友沒矢野实那麼幸運可遷移到琉球，但琉球教授西洋長笛招不到學生，幸好有存款還能生活。昔日東京花園住宅，雙親過世兄嫂獨占遺產，鋼琴家愛妻也離開人世，生命重大岔路他幾乎都遇過。只是他竟然決定將餘生獻給對他來說完全陌生的國度台灣。

父親是國際知名科幻小說家矢野徹，作品被譯成十幾種語言，冒險小說描述北海道原住民的神阿伊努《神之劍》，後來也拍成動畫影片。他薰陶於父親的浪漫不羈，母親則追求傳統正義。父親的音樂夢無法達成，自然轉到兒子矢野实身上。只是三歲學小提琴女老師很

嚴，拉錯音就用弓打他小指頭，他極度害怕，見到老師小腿不由自主
發抖，甚至惡夢尿褲。

「學音樂能當飯吃嗎？」母親說話了。

端午節是傳統日本大節日，這熱鬧非凡時季純屬男孩的節慶。
大人忙碌著，凡有男孩家庭，門柱掛著五彩鯉魚旗隨風飄蕩，期望家
內男孩，將來像鯉魚龍門躍舞。身為父親的矢野徹，雖然平時並不隨
俗，但對端午節在客廳壁龕間，擺上各樣古代戰士塑像的習俗，卻很
慎重處理，這寓示著渴望自己的男孩，像古代勇猛武士威風雄壯。然
而望著淚眼閃閃的小兒子矢野実緊偎母親懷裡，小嘴咿呀著他不喜歡
小提琴，父親無奈的允許他暫時不用練琴了。

日本 NHK 交響樂團拉大提琴的藤本叔叔，每月和父親以錄唱方
式演奏兩次。矢野実雖允許不必拉小提琴，但古典樂聲常響徹家中
每個角落。及至六歲開始隨著藤本叔叔，聽西洋長笛演奏家 Rampal
（1922～2000）的旋律。無法達到父親期望成為勇猛戰士，但他已
穿上充滿長笛音符的衣裳。

1971 年隨大人到東京文化館欣賞 Rampal 演奏，除被這位把長笛
由 18 世紀變為現今受歡迎獨奏樂器的演奏家所牽引，初昇小心靈也
給這棟為紀念東京建都 500 週年所建立的堂皇建築所震撼。

「他每年在世界巡迴演奏達 100 次以上。」藤本叔叔介紹他的好
友 Rampal。

「長得像相撲巨漢，但聲音非常優雅。」矢野実躲在父親背後，

但視線捨不得離開，深恐一眨眼對方就消失，這是他對心儀人的第一個印象。

「不愧是法國人，穿一身黑色燕尾服，襪子卻是紅色。」母親嘀咕著。

認識 Rampal 是父親的關係，因父親學過小提琴，一度想當演奏家，同鄉藤本則專攻大提琴，他們曾作夥從神戶到東京參加 NHK 東京交響樂團，結果藤本順利考上，父親落榜了，只考上業餘的群馬交響樂團。

「能考上樂團就很不錯了。」母親溫柔的說。

「我！矢野徹！要做的事永遠是第一。」

不知為何，父親就不會叫哥哥矢野誠，獨獨要他學音樂。由父親取他兄弟的名，得知誠實對父親的重要。可笑的是兄長矢野誠一點也不誠，他和妻子是典型的日本戰後新一代享樂型的代表，甚至將弟弟視為下眾（Gesu），也就是將他歸為身分卑賤趕出家門並獨占父母遺產，一點也不感到自己這樣的行為可恥。是否父親有先見之明，當初硬要他學音樂，好在人生最低潮派上用場。確實有段歲月他得了嚴重憂鬱症，在一個陰雨午後，他將自家花園尖架一一拔起，拚命往自己腳心插，這種危險舉動並未驚醒視錢如命的兄嫂。

矢野实母親認為靠音樂生活很辛苦，極力反對，倒是父親雙手贊成。生命的轉折，他夾在浪漫和傳統，他一度懊惱為何生長在如此南轅北轍的家族，但這何嘗不是雙親兩條不和諧音所融合而出的美麗果

實。

「不是反對你學音樂，是怕你吃大虧，太執著一件事，就會忽略周圍陰險的人與事。」

他自波蘭學成歸國，一顆想布施的雄心壯志，就像大地的瀑布，樂意奉獻所有的水傾其所有，只是被慈母言中，他確實忽略美麗花朵之間，突如而來的兇狠虎豹，來不及提防就被砍得血跡斑斑。那是他教授音樂如日中天之際，被一位韓國音樂夥伴趁機利用了，就這樣被學校開除，名譽也全毀了。訴訟三年才扎實體驗到這個國度黑色比白色吃香，唯一的好處，往後生命種種難題，都變成小巫見大巫。因為沒有錢，他必須努力工作。有形財物遠離他，長笛卻成為他的細胞永遠守護著他。

矢野实回顧 30 年前往事，詐欺他的人已不在世間。不得不叫人想到 40 年前美國蘋果創始人韋恩把 10% 股份以 800 美元賣給賈伯斯之後，股價漲到 580 億美元。賈伯斯的好運叫人羨慕，而為韋恩抱屈。如今被人叫屈的韋恩還活著，叫人羨慕的賈伯斯走了，生命還未到終點，如何界定輸贏？

菊與刀象徵日本文化兩極，恬靜卻剛烈，服從而不馴等矛盾民族特性，並且不麻煩別人不受人恩惠。麥克阿瑟沒有拆天皇制度，日本人銘記在心，可以從跟美國打得水深火熱到百依百順。2021 年日本疫苗回報台灣的態度，湧泉以報 311 台灣的捐贈，以及奧運台灣國旗被移除，日本選手自願隱藏國旗，願與台灣分攤痛苦。

「台灣人經常協助日本，以及二戰台灣人為日本犧牲，身為音樂人只能用音樂回報，如果改變初衷，人生將失去價值，恩情就是恩情，必須用義理去回饋，我這年紀有良知的日本人，都有如此思考模式，另外我要學習同鄉前輩佐藤醫生，二戰期間奉獻給澎湖的人生價值觀。」台灣和日本事蹟，如此湧動一個日本音樂人，矢野实曾研究過台灣高砂族音樂，冥冥中他前往台灣似乎有些定數。

矢野实的琉球房宅，透過走廊與外界相通，沒有高牆的隔離，日本人的生命觀深受大自然影響，像日本傳統俳句巧網剎那，不追求永恆但珍惜當下，如同櫻花短暫但燦爛，死亡都敢面對，還有什麼可擔憂？他確實到澎湖、台東落腳一陣子，最後還是回到琉球自己的故鄉。日本人矢野实夢想台灣，然而音樂在台灣是小眾，人生重要課題，失望是夢想的基本顏色，玫瑰失去嬌豔，留下的只有針和刺。

人與人之間，距離有多遠？像幾何學上的線，那根線是用「悲心」畫成。當悲心成曲線，咫尺如同天涯；當悲心成直線，遠在天邊也像近在眼前。美國詩人就有這樣的墓誌銘：「我與世界有一場情人般的爭吵」。太陽底下無新鮮事，那仁愛的人正在敲門，那麼做個行善的人把門敞開。敞開自己的正面能量，生命即使游離在黑暗也欣喜無比（圖 16, p.269）。

最初出發之地，
正是回歸終極之所

● ● ●

人海星光無盡流轉，

三生三世緣起不滅根系相連。

無法紀年的波濤，

讓澎湖島嶼永不孤單，

是阿子累世的情執。

01

澎湖島嶼，
歷史印記

人類對己生的土地流露自然的情感，
就像青草尋求大地的溫暖，
船舶尋求海岸的停泊。

◆ ◆ ◆

　　一個無助驚慌的母親，緊抱著一個發燒 40 度鎮日不退，全身熱呼呼昏沉的孩兒，從外垵搭船搖晃幾個時辰才到媽宮。一到病院等不及掛號，義嬸仔就跪在醫生面前求救，淚流滿面語無倫次：「醫生大人！汝一定愛救我這个心甘仔囝，怹昨昏才唯台灣轉來外垵，攑我這个老廢仔，伊有可能水土袂合，發燒袂退。阿子是有情有義閣誠有孝的查母囡仔，每冬攏會轉來伊父母的血跡看看咧，今年伊導後生作伙轉來，無疑悟，發生這款夭壽驚人的代誌，這欲按怎是好？」

　　阿子每思及此，心坎再次撞擊，遙望天上雙手合十，向義嬸仔深深一鞠躬。而這間救她兒子的病院，是日本後藤新平在 1896 年創立的醫院，日治時期叫澎湖島病院，戰後改作澎湖醫院，是台澎首座公

立醫院。後藤新平不只開啟日本殖民建設，同時提出精神教化是台澎近代化之父。曾留德的他強調一個理念：「比目魚兩眼長在同一邊，如把比目魚眼睛改在身體兩邊，就違反生物學原則，在政治也一樣，必須了解台澎人習性訂出辦法才有效。」他根據生物學原理，逐步提升現代化，使台澎財政不依賴日本，澎湖地區首當受惠。

儘管上方以政治利益撕殺不停，下方人情暖暖依然存在，在澎湖望安的佐藤乾又是一例，浪海濤濤訴說著歷史層層頁面。1895 年值甲午戰爭末期，日本天皇策略編組艦隊先攻占澎湖島，佐藤乾為該隊成員擔任軍醫，以協助戒斷鴉片和改善衛生。一生就在望安行醫幫助困苦離島居民，最後他和家屬都埋骨在望安的龜壁崁尾墳墓區。

澎湖是台灣海峽要衝，約 2 千萬年前火山烈燄後生成的大地，蜿蜒多港灣成為漂泊海上和貿易探險的停駐點。海域終年黑潮經過資源豐富，內海卻是平靜如湖被稱平湖，也是李鴻章和伊藤博文所簽的 1895 年台澎割讓日本首先登陸的土地。簽約地點在日本下關，日本人稱《下關條約》，中國和台灣稱為《馬關條約》。就地理而言澎湖有特殊地位，不然《馬關條約》就不會將之專程拿出來定位，連日本昭和天皇還是太子時也到澎湖視察。日治時期，澎湖是當時日本四大軍港之一，戰前很多日本九州佐世保人移居澎湖，現尚可看到大久保書局、大久保百貨公司，還有澎湖黑糖粿的百年傳承，歷史很豐富，可惜主導權被台灣本島拿走了，日治初期，其歷史文化比台灣豐富。

什麼是正確的好消息，什麼是不正確的壞消息？如把生命大哉問

扔給兒孫，他們或許會很聰明的回答：「我們來到這個世界，就是為了相互幫助，走過這一生，不管是怎樣的一生。」

一位國家旅遊記者到德國曾經是集中營地區旅行，他對一個老太太非常好奇。

「請問妳為何常坐在門前觀望遊客，而且不是很快樂？」

「我七歲時，親眼在此看到父母被納粹殺掉。」老太太回答。

「對不起，撩起妳的傷痛。」

「這70幾年來我曾怨恨消沉，後來試著用愛化解才慢慢走出來。每次看到遊客從集中營參觀出來，臉上充滿仇恨我真為他們擔憂。」她幾乎陷入沉思，接著換了一個坐姿繼續說：「世間唯有愛才是真實，否則你 一刻都不能過。」老太太說出心裡的轉折。

西方的德國轉型正義有目共睹，多觀功念恩少觀過念怨，非想像的那麼簡單，但可以作為修煉的課題。然而東方的美麗島，四百年來經歷歐洲荷蘭、西班牙和亞洲日本、中國的殖民，到目前雖有自己民選總統，還在中國飛彈的錘鍊之中。

「台灣有事，即日本有事，也就是日美同盟有事。」倒是日本安倍先生說話了，只是安倍對台灣媒體不重視深感困惑，這和念恩念怨有些關聯，因為進化各異寶島就有長頸鹿和烏龜。很多人對小奸小惡咬牙切齒，卻對大奸大惡歌功頌德，台灣子民就這樣生存在虛虛實實光明和黑暗之中。

二戰後期美國丟兩顆原子彈在廣島和長崎，1945年日本投降結

束 50 年殖民台澎，結果又丟了一個蔣介石到台澎，直到中國內戰失利，老蔣全面轉進台澎。1950 年北韓突以排山倒海之勢越過 38 度線入侵南韓，點燃朝鮮半島戰火。原本麥帥要使用原子彈促使中共與北韓屈服，但美國總統杜魯門不願將戰事擴大而作罷。杜魯門效應不止中國要感恩，更是老蔣的救命恩人，只是美麗寶島這下進入了另番洪流滾滾的中國浪潮。

澎湖方面就多了些歷史錯亂符號，最早在澎湖林投的「日軍上陸紀念碑」，1945 年日軍戰敗老蔣來台改為「抗戰勝利紀念碑」。228 事件由於澎湖全島軍民安定嚴守秩序，老蔣就在澎湖馬公市區建造中正公園並設「西瀛勝境」以資鼓勵。觸摸鑲嵌的碑文，原鄉人就是這般橫跨歷史塵埃之中。

日治時期，日本在高雄加大基礎建設，不少年輕澎湖人跨海到高雄參與，從製糖蓋鐵路到開港口，同時把故鄉神明帶到異鄉供奉，從旗津鼓山鹽埕到苓雅前鎮，都有澎湖人落地生根痕跡，也豐富了高雄移民文化。到 1930 年代鹽埕人口六萬多澎湖人占五分之一，李子山就是其中之一，隨後一家人陸續自外垵移居高雄，而後他的女兒阿子移居加拿大，是個多元文化的馬賽克。其實地球各族群是由先後移民匯集而成，然而源頭的縈繞，始終是異鄉人日出的晨曦。

阿子每年經一萬多公里路從太平洋彼岸的國度，踏上外垵曠野草坡除重溫先祖步履，幾十年來總是刻意尋找那年牽著兒女小手，走跳在那塊外祖許旺種植過的那拔園。孩兒不適應長途顛簸，曾在曠野上

吐下瀉，她真想看看當年那棵樹是被瀉枯或更茁壯盎然？

外垵，很多地方出現日據印記，觸摸一座外垵餌砲，二戰期間八角砲座引誘美軍空襲的假砲，可以想像當時澎湖子民，不但要走閃美軍子彈還要遵照日本規矩，那串串悲戚訴說著先人坎坷路。墩仔埔頂整排建築是日本時代軍隊宿舍，這棟由珊瑚礁砌成的長方形龐然大物，曾叫阿母秋素毛骨悚然令她惡夢連連。

「內面埋葬真濟的冤魂，因為古早有真濟國家欲占咱這塊土地，搶別人的物件有時就愛賠掉生命，只是現今咱也是脫離袂掉予人管的命運。」外公曾如此對阿母解釋。

人類的貪婪戰爭始終不斷，要強奪別人的土地絕對要付出代價。2022年俄烏開戰同住加國的烏克蘭友人說，他父母每天都在幫忙做土製炸彈，弟弟也已在前線打仗，連中立的瑞士都放棄中立，將制裁俄國凍結普丁資產。戰爭！套入商業模式，是政治、經濟和權力經營的延續。

從村落西側矗立於山崖三仙塔走向西南端，來到1778年台灣最古早興建的漁翁島燈塔，歷盡滄桑的碉堡記憶，仍然屹立不搖。青天藍海水天一色，阿子想豎趾窺視，以外垵人自居，不管是否被禁止擅自打開深鎖白色鐵門，門外草埔聳立一座建於1890年刻著洋人之名的白色古墓，足以證明清末由洋人協助興建燈塔的事蹟。她偷偷拍照探索時空祕密，享受這片靜默遊客止步的世外桃源，更想親澤先祖日夜守護的島嶼，這時燈塔管理員來到，家人以為闖禍了。

「我知影伊是咱外垵人，所以無趕伊走。」管理員笑咪咪說。

「誰人敢講我毋是外垵人！」她向這位有智慧人士深深一鞠躬。

走訪這塊土地處處是印記，即便享用一碗臭肉魚乾和土豆麩的番薯菜豆湯，那鹹鹹甜甜滋味彷若回到往昔歲月，雖然往日住高雄，但厝內各個角落都充滿外垵風味。

沿著紅壤土質的小路，爬坡至三仙塔，頂立在小山坡，外垵（外塹）漁村盡收眼底。先祖走過的咾咕巷道，揮汗汲水的古井幕幕呈現。外垵墱仔埔頂和天人菊齊臨強風吹襲，回顧多重歷史軌跡，近看荷蘭血統的母親，這塊土地隱藏多少的深思。澎湖，歷史的烙記，阿子的血緣，父母生長的地方，串串紛擾叫台澎不時改朝換代。只是人類對已生的土地，流露自然的情感，就像青草尋求大地的溫暖，船舶尋求海岸的停泊。

02

異鄉人和遊子
歸鄉

當人們談論我的著作時，

我這個人

就已經不存在了。

◆ ◆ ◆

　　澎湖地平風勁少耕地，得往海上討活，練就澎湖人迎浪拚搏的骨氣。阿子再次證實自己是澎湖人，因為不論她有多老，見到海水自然想和大海擁抱，害家人頻頻大吼浪來了快跑，她說她一點也不怕，真的不怕嗎？

　　「衝到浪頭，然後再被海浪捲滾回來，要不要試試看，小時候我們都選颱風天這樣玩的，很過癮。」阿子很炫耀自己是正港的澎湖人，然而不時出差錯，被鄉親頻頻取笑。

　　「當然要！」阿子不知天高海深，準備挑戰。

　　「一定要試，才能證實妳是澎湖人。」對方緊抓著她不放。

有人提出警告，別開玩笑，想穿過浪不但得靠運氣，還得憑體力，這非無經驗的老人可以玩的遊戲。其實也不必證明什麼，光憑她每次從溫哥華回澎湖，特別眷念湖西 068 餐廳的小管乾、蝦仁乾、臭肉魚乾等三乾炒米粉，還有不經油炸以米粹為皮地瓜籤為餡的炸棗，以及經常上桌的甜點麵猴，就足夠勾起濃濃的鄉愁，因為那是母親最拿手的澎湖料理，也就是那個時候，知曉那種叫「鄉愁」的情緒。

有一年，台灣知名人士應邀到溫哥華演講，也論及澎湖褒歌，開講之前就樣問：

「這裡有沒有澎湖人？」

「我就是！」阿子興奮站立起來，並補充：「澎湖外垵人。」

「是望安？」會場幾乎異口同聲。

「不，是西嶼的外垵！」她加強更正。

澎湖的外垵和望安外地人始終混淆不清，《井月澎湖》英文版在溫哥華圖書館出現眉批，於「外垵」旁加寫「望安」，是讀者認為作者寫錯，或要標明什麼，但可以肯定他是東方人，而且了解澎湖，只是讓阿子感覺「望安」比「外垵」有名。身居異鄉對母土的敏感，此刻有如行板流竄在褒歌鄉土的旋律。

澎湖褒歌大多以台語發聲可獨唱或對吟，一種自由活潑的抒心，雖然要七字四句但也可八字六句。早期澎湖生活困苦許多人到台灣打拚，交通不發達且一去就多年。一首《送君》道出海島生涯：「十八送君去台灣，目睭汝紅阮也紅，含著目屎一斤重，滴落土腳土一

坑。」

　　坐在台下的阿子意味深長說：「眼淚一顆一斤重，滴落土腳就一個洞，應用誇飾法有意思，我的小說人物祥嫂，真的哭到眼瞎，因為丈夫李祥一去不復返。」

　　「我讀過這本小說，雖然情節諸多牽涉到歷史政治，但它的美是以當時人的心境，用感性的描述去看事件，運用手法巧妙很吸引讀者。」會場有人知悉阿子就是《井月澎湖》作者，前來握住她的手興奮的說像遇到知音。多少孤燈熬煉，阿子如同遇到久別親人向她噓寒問暖。

　　阿子17本著作除該本歷史小說外，其他均一刷而已，她羨慕台上演講者的作品其英譯都有一群團隊幫忙，而她只靠自己完成《井月澎湖》的英譯。英文非她的母語，還得請英文是母語的作家校正才敢出版。她只能自我調侃書不暢銷，但作品卻讓她移居到美麗的國度加拿大。

　　人不能沒有理想，有了理想然後才會有努力的方向。且不論這理想可否實現，至少在在追求過程，生活內容是飽滿充實。阿子很想把小說寫好，只是她沒在寫小說時，她在做什麼？就擇她學習英文過程來看看，也印證一分耕耘一分收穫，現在所做都會改變未來：

　　　　自移民到西方世界她所有精神都放在英文世界，學到沒
　　時間生病、不敢生病、也沒時間老，在學校不論是台灣或溫

哥華她永遠是最老的學生，甚至同學母親都比她年輕。有一學期為準備演講比賽行在 Broadway 路上，也許太浸入要講的主題，在冰天雪地重重摔一跤，提著十幾斤的書包，很困難爬起來，瞬間閃出一個念頭，閻羅王，請不要這時找我，我的英文尚未讀好。摔這跤身體滿是傷痕，功課照常做到半夜，看著書本血跡斑斑，才意會自己嚴重受傷。結果台灣人第二名，第一名法國同學前來擁抱恭喜，第三名印度同學則是羨慕的眼神，摔這一跤痛幾個月又算什麼。

雖被消遣讀英文讀到六親不認，其實不僅如此，在英譯《井月澎湖》兩年半期間，可以忘記春夏秋冬，還傻乎乎問溫哥華怎麼沒有冬天，老伴回答下那麼大的雪，難道她都沒感覺？她只能回一個孩童做錯事的天真笑容。事實上也因為投入英譯，才觸到一些英譯精髓。原先要請語言博士的家族成員來完成，只是這位仁兄看到書中不少台澎俚語就知難而退，只好作者親入英譯火坑。事實上，經歷豐富和強勁毅力，可以遠遠超過所謂的高學歷。

佛經「五不翻」是唐玄奘所提出形成佛經翻譯原則，二十世紀實驗藝術先驅杜象（1887～1968）研究專家李長俊教授認為有下列情況就須採用音譯，如過去已採用音譯、外國事物為自己國度所無、一個詞含多重意思、用音譯比較有效和祕密語詞如咒語等等。當然《井月澎湖》沒有佛經那

麼難譯，只是多少合用上述幾項原理。西方世界無咾咕石，但它則是澎湖一般建築材，因此就用音譯 Laoku 加上 rock 來表示。

以英文向外發聲，早在職場就曾以編輯《電信之聲》，並代表台灣到馬來西亞講述台灣雜誌狀況，當時英文老師柯旗化提示《解除戒嚴令》的英文正確用法是 Abolishing of Martial。用非自己國家語言將理念分享異國人士，所花精力和時間超乎想像。及至後來移居加國，代表亞洲人口音參與加國 150 週年慶祝口音，發表台灣人的故事。台灣是根的一部分，加拿大是現在和未來，正如南非的代表說："We have many identities; you can be both; you can be more than two." 人們可以有很多身分也可兩者兼而有之，甚至超過兩個以上無藩界的地球人。

對一位使用華語講台語超過半世紀的人，要用英文創作可想而知的艱困，但有趣的是比寫自己的母語台文輕鬆多。移居另一國度似乎有使命感起來，認真用英文書寫期望更多族群了解故鄉，不管效果如何至少有這個心。所以不論到那一國的國際簽書會，她的攤位充滿台灣風味，同時更不忘推銷世界最美麗的海灣澎湖和外垵，她兒子忍不住說這樣看起來很像觀光局。

常懷疑或害怕那深不可測的天意會帶來什麼，但最後會明瞭一切都是最佳的安排。雖然住在全球最適宜居住的溫哥華，但對阿子來說就是少了一座澎湖島。歇腳上帝特別眷顧的春花夏綠秋紅冬雪的加國大地，採集了繁花的果實，但滿籃的豐碩同時也沉重起來。她掛心著父母的習性全在台灣海峽那黑潮形成的島嶼，他們知否女兒移居太平洋彼端的國度？

她肆意遊走現實和回憶之中，對祖國的思念，對親人的懷念，對愛的渴望，種種情愫混合，彼此糾纏如夢似幻，那是對身分的認定也是對命運的嘆息，也成就她撰述台文詩〈佇外垵海岸走揣痕跡〉。之後這首懷鄉情詩不僅得獎且獲溫王爺恩准，鏤刻於她日夜思念的故鄉外垵溫王宮前。

夜已深沉宇宙酣睡，一片沉寂的海孤身湧現，在海與海之間，人的語言雖已沉默，卻扎實儑住一位有緣人。

「上天很會開玩笑，同樣的名，一位大文豪，一位大文盲。」外垵女子貴雅在溫王宮前，被那塊詩文震撼了，像著魔似的開始追蹤這位和母親同名同姓的詩人。

貴雅回顧那久遠年代，想修行的文盲母親渴望讀懂慈航寺經文，央請子女教她識字，曾在溫王宮跪拜幾天幾夜，一生就這樣徘徊於慈航寺與溫王宮之間，村裡的人都認定她是發瘋了，加上養女與養母之間無法溝通，母親就註定煉獄一生，52歲選擇自我了斷。

近十分之一世紀，終於在這位詩人的「無法紀年的波濤」創作展

碰面了，貴雅興奮得像卸下重擔，直呼為母親完成一件有意義的事。錯愕的阿子認為自己沒那麼偉大，倒是貴雅對母親的孝行叫人動容，這故事對阿子來說並不陌生，她的小說人物阿雪在金瓜冤就有這樣的局面。另外當年跪拜溫王爺的文盲母親，而今兒子也就是貴雅的弟弟當上了主委，有一年阿子藉這特殊因緣應邀到溫王宮辦理「和作家回鄉」簽書會，一切冥冥中都有定數，也引出異鄉人和遊子歸鄉的議題。

異鄉人，是對從屬一直說不的人，甚至分裂為種族、民族和家族等等相互傾軋，從而沒被帶回家，最後還是無家可歸。卡繆藉著《異鄉人》表達人是存在於孤立疏離和生活荒謬之間，這是不折不扣的異鄉人。而遊子歸鄉，則是對諸族瞭解後毅然對他們告別，吟詠孤獨之歌，走上返鄉之路，越過群山橫跨諸海，抵達寧靜的童年，閃爍著精靈的光輝。

這次阿子以「和作家回鄉」，偕同讀者從高雄到外垵，形成一場熱鬧溫馨的簽書活動。鄉親赤馬畫家特別繪一幅《遊子歸鄉》表達作者思鄉的情愫，簽書會後又凝視阿子修長身影徘徊溫王宮周圍，畫家以為感受到作家遊子歸鄉的心情了。

事實並非如此，反差有些大，作者從未住過這個漁村，而是思念父母有多深，縈繞這塊土地就有多重，那是一種孺慕的依賴和異鄉人或遊子歸鄉皆有別。作品成為公眾財時，就是公眾的事，作者就要退到幕後，所以阿子說：「當人們談論我的著作時，我這個人就已經不存在了。」

03

無法紀年的
波濤

究竟能體會多少先祖渡海的初心，
作為一片只能起伏變化的生命浪花，
卻無法為歷史紀年。

◆ ◆ ◆

不想只在小池塘玩水，更想在寬廣的大海游泳，多少具有叛逆和勇往直前的思維。少女時代會放棄家住高雄的高雄女中，而報考可以搭火車上學的屏東女中。大學教育才於結婚後半工半讀完成，生活分身乏術多重壓力引起的書寫困難，128 學分在手的顫抖中完成。考試最怕申論題，滿腦的答案，手卻不聽使喚，字字有如刻在試卷的滴滴心血，每回考完像浴火重生，此病灶晚年才痊癒。

接著以作家之名從台灣登陸溫哥華，心想圖書館應該有她這個台灣人的書，移居第二年就勇敢找經理毛遂自薦。英文還不夠好時段，或許真的使用澎湖討海人特有的堅忍不拔，衝破圖書館購書律則，結果成功了。理由簡單渴望台灣多一點亮相，如果只為自己，肯定不會

那麼理直氣壯。

藝術工作非創造美，而是創造一個機會，讓觀賞者發掘各自本能的美。從音樂跨入文學再進入繪畫，繪畫多少以文學和音符為基調，是一股孺慕情懷所建構的生命情境。年歲可以老，心可以不老，猶如五歲孩童藏在八十出頭的身體。她的生命宣說了眾生靈魂深重，也是最甜蜜的親執負荷。

她和這個地球生物有別，否則怎麼愈老愈高，從台灣的 166 到溫哥華的 168，目前還有增高趨勢，舉手投足也不符合這個星球的人。65 歲那年回台剛邁入老人體檢資格，興匆匆趕到醫院卻呆等良久，護士理直氣壯說她的母親不是尚未來到？還常被鄉親拿她的年齡做賭注。住溫哥華二十幾年幾乎忘記年齡，因為沒人會問。這年為新書發表又回到故鄉，因疫情就順理成章待在台灣兩年多，親友對這號不按牌理出牌的人物，充滿疼惜和好奇。

她不是地球人，從小就有跡可尋。當年喪宅亂成一團，她像幼兒蜷縮母親棺木旁，她要大人不要阻止，因為躺在母親臂彎，是每位孩兒心碎最安適的聖地（圖 17, p.270）。母親出殯雷雨交加，她又禁止抬棺人將母親入土，是《天地不仁》（圖 18, p.271）憤怒一位不孝女，或要她看那搖晃樹株，被風雨撕殺不得安寧的自然景象？直到父親答應在墓旁建一房舍，供她永遠守護母親，她才情願下山。有人說她是不小心從天上掉下來的外星人，因喜怒哀樂不像正常的地球人。

有一次，她想已長過母親過世的年齡，自認有資格質問母親，

於是悲從中來瘋狂用掃墓棍猛敲母親的宅院。「阿母，汝為何欲離開我？」她大聲任性的哭叫，多年的鬱積終於嚎出口。只是歸途車子竟然開向深山懸崖久久尋不著出路，像熱鍋上螞蟻跑繞幾個時辰尋找救助，大太陽底下她跪在深水公墓嚎啕大哭，那《困頓之火》（圖19，p.272），是母親敲著門要警告她什麼嗎？

她繪一幅滿是音符的畫，描述當年母親突然自殺過世，一顆少女之心如何在滴血，無助的父親用音樂才叫失魂的女兒拉回現實。蕭泰然是她的第一位鋼琴老師，唯有優美音樂才能馴服這個粗暴的世界。而今每掀起琴蓋，父親即刻融入旋律，她不敢不努力（圖20，p.273），鋼琴陪伴她度過風雨歲月，當年以蕭邦旋律通過日本武藏野，即使有人在彼端等著她，她還是放棄，因為離不開親愛的父親。

青苔始終纏繞老樹，她認為自己是最體貼的女兒，就是颱風天她也會勇敢冒著風雨騎腳踏車，送雨衣給正在台鋁工作的父親，只是沒收到預期誇獎，反被急忙推進計程車。從車窗回望，老爸一手騎著車，一手還要拖著愛女的車，頂著強風吃力的前進，她淚水即刻奪眶而出，她是在行孝道或是麻煩製造者（圖21，p.274）？

小時候天不怕地不怕就是最怕鬼，而父親經常午夜才下班，想像父親穿越一大片墓地可憐的神情，一顆小心靈不斷被大蝴蝶撞擊，直到熟悉聲進門才安心睡著（圖22，p.275）。童年夜晚之路，不時靜聽記憶的足聲。往日白雲隨時飄浮，雖不再落雨或引起風暴，但始終妝扮生命中每個行過的路況。

　　有人介紹她，非她的琴藝多好、繪畫有意境、英文和台文寫得多傳神，而是「你們知道她幾歲？」然後一片驚呼，年齡萬歲，萬萬歲。人生是什麼，用腳踏車來比喻，年輕一路爬坡，充滿挑戰吃力緊張焦慮，年老就像騎往下坡，一路百花齊放輕鬆自在。年輕並不是最好，年老也不是最糟，看用什麼心態面對。因追求自由所以寬懷，因被藝術充滿所以優雅，因感情深濃作品帶有哲思和憂鬱。老年失去老伴屬世間最難熬事件之一，這項都遭遇了，還有什麼可以難倒她。

　　話未盡，畫來說，她又根據印度詩人泰戈爾詩文繪出一系列《人面詩畫故事》，從《流轉的老女人》，一個戴著台灣和加拿大胸花，自台灣海峽流轉到每個季節都叫人驚喜的國度，訴說著每個人都可作世界公民，到《我愛汝》（圖23, p.276），胸前刻印外垵和母親，左肩三仙塔帽沿一朵天人菊，帽頂一座澎湖溫文山丘，在世界岸邊跳動著波浪訴說著「外垵，我的母親。」

　　她雖和地球人有別，但她確實活在這個世界，那麼她是哪一國人？內祖相傳自金門來，外祖據稱從荷蘭來，母親許秋素曾為外祖立一坐北朝南的「尼德蘭許氏真主之墓」於內垵和外垵交界處。她及四個兄長，人高鼻挺紅髮捲毛，近似高加索人。她雖生於台灣高雄，但雙親生於外垵，所以很喜歡稱自己是澎湖人尤愛澎湖腔。現今澎湖人尤其年輕人講的是標準國語，幾乎聽不到澎湖腔。一位著名原住民歌手，思念父母就唱被遺忘的排灣族古調，而這些古調在部落已不易聽到了。

　　人的年表和世界的年表，是時空的證據。陰和陽的地景，是創作既實也虛的風情。人情因果如鎖鍊在漁網中交織，親執鬆綁是真功夫。作者孤燈淬煉是讀者和觀賞者的福，創作中孤獨是最好的歸宿。鮮花落葉風乾果實，盡是她生命的狀態。

　　2021 年她回台，策展人以「無法紀年的波濤」之名，用回顧方式幫創作者穿梭於「澎湖編」和「國際編」。因為《綠樹正在祈禱》（圖 24, p.277），展場是減塑的實踐，用勞作手工、歷史老物、新花與枯葉等現成物布置，透過音樂文學繪畫，呈現創作者的情感層次。為形塑外垵三仙塔，使用創作者刊登過的舊時剪報一團一團貼上；天花板片片無法紀年的波濤，則是《井月澎湖》手稿一張一張緊貼出片片浪花，起伏中暗藏著澎湖地圖。

　　而地面上那盆月形水池襯托出古井月娘，還伴著層層交錯的漁網，訴說著一井水一世人的形影。空氣中隱約傳來從外垵海域錄下的洶湧波濤，加上創作者 17 本著作，每一角落、每一盆花可以觸及策展人的精湛鋪陳。那如船形花器挺立著堅韌諾貝松，在蘆荻前展臂懷抱朱紅劍蘭，淨潔百合花呼應底端黃金百合竹，星點木宛如安徒生童話裏鵝王子奮力振翅……太平洋兩岸花葉同船共演祝福，策展人是替藝術家找回一條神經主幹的重要人物。

　　《井月澎湖》跳脫大歷史敘事，關注小人物於時空中順逆沉浮，小說主人翁李蓮子訴說著祖父李祥一生苦難來自日本與中國，姊夫丁少將死於白色恐怖。台澎子民戰前是中日刀俎間的魚肉，戰後是國共

鬥爭的犧牲，子孫究竟能體會多少歷代先祖渡海的初心，作為一片只能起伏變化的生命浪花，卻無法為歷史紀年。能否記錄阿祖渡海濺起的某片浪花，或為未來兒孫遺留一絲追憶的波紋，答案已非作者所能掌握，唯一可確定，讓往者留有永久名氏，讓生者擁有不滅的愛（圖25, p.278）。

看見澎湖，關心台灣與世界的未來，人與萬物相互感懷是靈魂增上緣，更是世界和平的關鍵。從北美、歐洲到日本，再回歸台灣澎湖，串連作者以故鄉外垵發想創作，處處呈現創作者用心走揣故鄉的愛，展現人類與親族深刻之情，有如浪濤翻滾的人情義理，相映於過去現在未來。人海星光無盡流轉，三生三世緣起不滅，朵朵天人菊根系相連，讓澎湖島嶼永不孤單，是阿子累世的情執。

04

最初出發之地，
正是回歸終極之所

母親的秉性氣質均在每個尋覓的細胞裡，
當自我完足時，
如同回到母親的懷抱。

◆ ◆ ◆

　　有一年龍骨剛開完刀，醫生看阿子意志堅定，回台灣一定要回外坆，只好說可以搭飛機，但要非常小心。踏上外坆土地，因為興奮幾乎都是連奔帶跳橫衝直闖，甚至不懂習俗會碰釘。那天天雨路滑，隨興穿拖鞋持著雨傘爬上溫王宮爭觀祭拜大典，一不小心重心不穩瞬間就要四腳朝天，本能的緊抓就近尋求依靠，卻被對方狠狠甩開，說她要拖人一起摔跤嗎？她求助的觀看人群，從眾人眼神她似乎真的做錯事，她羞愧的從廟邊溜走。真正的修行，是不能脫離現實，那次被人怒罵不哭也算是一種修行。然而她哭了，跑到外坆溫王宮前防波堤嚎啕大哭，哭什麼？哭雙親在時，覺得理所當然，雙親沒了，才知這輩子女兒已經做完。在海岸徘徊像一個異鄉人，住進屋裡像一個客人，

離開這門又像一個親人開始思念。

　　她是母親的女兒，女兒的母親是她。女兒拉著大提琴奏著《Danny Boy》送給她生日禮物，那熟悉旋律即刻繚繞起來。這首愛爾蘭民歌通常用於葬禮，是她常在母親墳前唱的曲調。有人問她夜晚獨自一人在墳場不覺害怕嗎？她只想到母親會對她說：「我知道妳在我身上，墳墓會更豐富甜蜜。我知道妳會彎下腰，告訴我妳愛我。我會安息平安，直到妳來找我。」

　　瘋狂是最高智慧，在煩碌世界沒比回憶更正經的事，白天作夢比晚上作夢更美妙。不能說的祕密超越時空，不時繚繞在黃昏的故鄉，即便過了半世紀多，那錐心的撕裂像海峽波濤不斷洶湧。

　　「阿母，妳並無真正往生，原來妳閣活咧，但是汝愛交代這段日子，汝到底去叨位？」見到母親笑咪咪坐在窗口，阿子慣有的撒嬌本領又來了，因太多次都被母親如此這般溜走。但這次母親只笑不答，於是她嚎啕大哭，哭到母親大聲斥責：「閣哭，我就真正走了。」她被淚水淤醒，矇矓跳下床一直唸著，不哭，不哭，直到真正清醒，才知又被無情的夢境設計。

　　上天讓她降世，是否給一個任務，專門糾纏雙親不放？移居溫哥華還是掛念，路途如此遙遙老人家可否找得到愛女，不同語言的世界他們能否適應？每次從太平洋彼端回到思念的故鄉，拜訪父母生長的地方外坡，縱使一些廢墟殘瓦古井都捨不得放過，因為那裡有父母的足跡。

　　常在夢中尋找雙親體溫，想念像風抓不著也追不上，慈顏之音始終如海水般清晰繚繞（圖 26, p.279）。明知雙親已不在同一星球，卻刻意踏上他們曾走過的地方，期盼那《不可能點亮的可能燈光》，點亮那刻骨思念的窗櫺（圖 27, p.280）。鋼琴博士姪女三不五時，會邀同學以及她們的母親聚餐，然後這群音樂教授各顯琴藝娛樂媽媽，而她的嫂子一直要她表演，因為她是姪女的鋼琴啟蒙。此刻她應該慎重問一下，當年她瘋琴時段即便半夜也不放過，不知有否吵到嫂嫂？餐會後她又發揮技倆，期望這些母女們熱情擁抱，有媽媽多叫人羨慕，《母親的畫像》始終繚繞（圖 28, p.281），很老了還是在尋找母親。

　　事實上，雙親離開之後她再也沒長大，她怕有天他們來接她時，認不得她的樣子，這大概就是思念的極致吧。送往迎來誰知回來或回去，但願來去之間自如自在，完成這一世的功課，一定還有另一個時空可供揮灑，只是這一世，外垵成了她一生思念的名詞。

　　從感念父母到追尋父祖的澎湖，可說是阿子投入寫作不忘的主題，《井月澎湖》已成為代表作。該書不斷被提起，早年被電台製作連續劇持續播放，而今跨入新的年代，高雄文學館二創以主人翁李蓮子拆字而延伸，以「林軒萑」之名登場。導演試圖打破觀演關係，改變觀演生態，整個故事類似密室逃脫，以及角色扮演遊戲（RolePlaying Game），每個生命都有故事包括觀賞者，由一群樹德科大學生演出。阿子驚訝導演準確抓住她一輩子和母親的深情，也同樣讚嘆扮演林軒萑那儷人魂魄的氣場，彷彿觸電般觸到另一個久違而熟悉的

李蓮子幾度落淚。

　　戲劇重點就是林軒萑跟隨母親的腳步試著拼湊過去，究竟是惦念母親產生妄想，還是林軒萑真的開啟超越時空的能力？雖然執念力量無遠弗屆，但林軒萑自從媽媽不見，經醫生診斷林軒萑得了急性譫妄症。也許當年母親突然去世，阿子正是患了這種平時看似正常，突然間情緒躁動，甚至產生幻聽幻覺，幸好她靠藝術創作自我療癒。

　　不斷的學習嘗試蛻變，等待每一創作，是永恆的奇蹟，這就是生命，她欣慰自己的作品可以引發年輕團隊享受再創作的樂趣。

　　「林軒萑，是我訪談老師創作歷程所延伸的角色，如沒有《井月澎湖》，我沒辦法寫出這個人物。」導演對阿子說：「林軒萑媽媽雖然消失，但精神永遠與林軒萑同在。此外老師提及父親讓您學鋼琴細節也如同角色的爸爸一樣，陪伴女兒成長。林軒萑夢想職業是作家像老師一樣，舉凡音樂、繪畫、文字都是滿滿的感受，即使林軒萑得病也堅持創作。老師的故事呈現即使命運如此，還是用自己的方式，跟書中李蓮子一樣，堅韌不畏困境的生存，是值得後人學習和敬佩的人物。」

　　小時候，母親的懷抱是家，父母所在是家，同儕是家，公司的肯定是家，鄉音的記憶是家，孕育眾生是家，往生回家是家。長大後，家是避風港也是心的囚籠，是落葉歸根也是雛鳥振翅遠離之地，是育化初生基地也是成長離魂歸所。何處是家？何者為家？如何為家？

　　林軒萑劇中最後一幕，曙光自鐵窗開啟之時，而後相互擁抱的魂

魄，掙脫黑暗狂奔，使一切重新而生。而阿子一生都在尋找母親的足跡，過程中總是失落心痛逾恆。然而追憶卻是點滴回應在自己身上，因為母親的秉性氣質，均在每個尋覓的細胞裡。當她自我完足時，如同回到母親的懷抱，也就是找到回家的路。不斷探索人類最初出發之地，才發現那正是回歸終極之所。

{讀後有感}

母親用另種方式烹調佳餚

蘇倩瑩

尼采說：只有知道為何而活的人，才能承受如何生存的問題。

從小總是希望母親是一個家庭主婦，烹調美食來餵飽我們。但這非她所擅長，她常沉浸在精神層面的音樂、藝術上，並且要我和弟弟跟進。而她彈奏鋼琴，我拉大提琴，弟弟拉小提琴，偶爾我們三重奏一番，她說這是她最快樂的時光。現在我終於感受到，母親是用另種方式來烹調佳餚，並且可以永恆留香。

我相信每個人來到這世界，一定有前世未盡的使命和牽掛。母親本著追求真善美的精神，以及那追根究柢好奇甚至過動的特殊性格，往往稀鬆事物在她眼裡可不是那麼平常，進而巧妙將她所見所聞呈現在她筆下。這本《井月流轉》是承續她二十幾年前所出版的《井月澎湖》。佩服她的毅力，持續撰寫長篇小說，應該非一般上年紀的體力耐力所能承擔，或許是她為自己下的定義，她非地球生物也。

她形容自己只看到遠方的目標，不管眼前充滿複雜的荊棘，還是無畏的勇往直前，這就是她射手座的精神。而天蠍座的我，正被射手座連拖帶爬的前進中，三不五時跟上她的風景，體會了她對目標的執

行力如此驚人,可以忽視身體的病痛和對物質的無感。

　　這篇也是半被她所逼,只是每次被逼都有收穫,比如小時候被她逼著認真練琴。當我進入這部小說的氛圍,字裡行間不但金句連連,一些被我忽略的時事和生活議題,她都能娓娓道來。她提到構樹的擴散證明南島語族原鄉就是台灣,而拉丁字母形成的阿美族語言,是南島語系的一種,語言的隔閡不應是造成族群分立的藉口。她感慨台灣對 228 事件和白色恐怖的處理,進而思考其他國家對歷史教訓的尊重。德國從不潑漆希特勒署名的鐘,沒人會攻擊歷史遺跡,德國轉型正義清楚審視歷史的責任等等。她研究歷史事件之認真,讓我深刻感受每個人都應對歷史有省思,才能想像如何航向未來。

　　先前的《井月澎湖》有連貫性,而這部《井月流轉》則採蒙太奇手法,是跳接也是相連,現稍微提示書裡十章節的主軸,供讀者參閱。

　　第一章,藉一對愛爾蘭人和台灣阿美族婚姻故事,溯源出加拿大、愛爾蘭和台灣之間的異同歷史背景。同時描述異國婚姻被長輩用文化差異來質疑幸福,這有點否定人的自主意志。不管如何正如此篇標題,世間有太多不完美所以需要愛,沒有蝴蝶還有春風,至少曾經認真愛過。

　　第二章,主人翁阿子,其實就是作者本身,從台灣海峽流轉到太平洋彼端,如何遇到貴人到協助非洲孤兒、敘利亞難民等等,繼第一章的小愛進而將愛延續擴張,在這星球,大家都是一家人。

　　第三章,地球會迷航,意志力絕不迷航。敘述旅外台澎人在他鄉

如何經營自己的家鄉，不住在台灣，他們的心臟不在母體之內，類似失而復得的猶太國家以色列是歐洲真正的心臟，但這澎湃心臟長在母體之外。

第四章，總裁獅子心，黃金時光的趕路者，上天給他得癌卻讓他創造一切，將慈善發揮到淋漓盡致。這個業讓他組成一切，有如輕巧舞蹈家飛舞到偏鄉東台灣播種希望。

第五章，延續《井月澎湖》李氏家族新一代的親情變奏，以心靈控制和歌德《浮士德》做一個巧妙交會，提示人間的阿卡西紀錄，每個人都不是局外人。

第六章至第九章，敘述台灣、琉球和日本都屬海島型國家，有著休戚與共的宿命。處處有奇妙的比喻，像不知道的事比知道的事更有意義，這是黑天鵝的邏輯。讓詐騙集團得逞你也有份，你有純真信賴之心往往也是罪惡的源泉，比起受騙的人，騙子要痛苦幾十倍，因為終究他要掉進地獄。

第十章，無法紀年的波濤，外垵已成了她一生思念的名詞，可以說是作者的自傳。人海星光無盡流轉，三生三世緣起不滅根系相連，讓澎湖島嶼永不孤單，是阿子累世的情執。

書中每個人物皆是她流轉半個地球之後，所體現而產生的主人翁。想起母親每次傾聽別人的遭遇就難過掉淚，甚至比當事人還悲痛，常被弟弟譏為婦人之仁。我想只有知道為何而活的人，才能承受如何生存的問題。現在的眼淚是未來的珍珠，相信她每滴為別人流過

的淚水，都會變成串串的珍珠，圍繞這個苦難的娑婆世界。

—寫於台灣台中

母親送給女兒的詩和畫：《生命像天平》（圖 29, p.282）

幫助別人實現夢想，
比自己實現夢想更有意義

蘇恩聖

今年 3 月媽媽捎來短訊，要我們讀她最近完稿的新書《井月流轉》。我看了第一章兩行後，就開始和她討論更正錯字。媽媽急忙說：「你們先用欣賞的角度來看，錯字方面已經有請專業朋友修正了。」這時才恍然大悟，她過去 17 本書或是近半世紀的創作歷程，我和姊姊從小已被訓練挑錯字的能力，到現在幾乎已經沒有能力用欣賞的角度看媽媽的文章，這是她的錯還是我們的錯？

因為工作忙碌，她說我永遠有忙不完的事，而且都是別人的事，不過她說有能力服務他人是多麼的幸福。從在醫院當義工，到交響樂團的排練或是幫溫哥華移民組織製作婦女節音樂影片等等，我始終無法完成媽媽給我的功課。隔了一個禮拜她又寄來新的版本，還說如果我不趕快寫，她會一直修正文稿，因為每天生活經歷都不一樣會有新靈感，因此這可能會是一個無法結束的任務。

我可以了解她的心境，此時此刻樂團正在排演德國作曲家布拉姆斯的《第一號交響曲》，這首交響曲花了布拉姆斯 21 年的心力才完

成。因為他想要超越他的前輩貝多芬寫的九首交響曲，所以一直不滿意自己的《第一號交響曲》，經過 21 年的修改，最後才有 1876 年的首演。於是我懷著這個完美的藉口，讓我遲遲無法打開電腦開始她給我的功課，而沒有罪惡感。

十章節外加一附錄，有七章節的人事物我都有參與，所以校對時也加些內容。處女座的我沒辦法單單只是欣賞，她的字裡行間我都要查證歷史的正確性或是故事背景的出處，加上以讀者角度融會貫通提高可讀性。然而我又怕把媽媽美麗描述詞句變成理性的直敘方式，比如她常看到溫哥華白雪皚皚的美麗，我看到的卻是老人出門摔跤的危險，雪融後道路泥濘的慘狀及開車的安全性。姊姊說媽媽的文章比較偏向意識流，但是我又擔心她寫的方式會讓讀者看不懂而失去興趣，所以我忙著用不同的角度來微調，所以這本書如有錯誤或是看不懂的地方，我也要負很大的責任。

生活在加拿大溫哥華，媽媽說語言溝通很重要，除每天騰出固定時間進修英文，我總是看她不時在尋找資料，不時提出問題要探討，不時傾聽異同族群的習性和故事，甚至還跑到日本琉球做田野調查，直到 2022 年回台疫情期間才完成《井月流轉》。有一年我和她到美國加州 Santa Barbara 的 Ritz Carlton 度假，我們登記上飯店瑜伽課，老師知道我們是母子，左看右看比較兩個的動作後，對我講了一句「Poor Tom」。我常在想，這是一個邁入八字頭的人保有活力的秘訣嗎？其實老只是年齡，不老卻是氣質和神情。

今年母親節我到溫哥華老人院拉琴給 60 位別人的母親欣賞，而我的母親則由她的好友帶去西子灣，看到海，她竟然像孩童跳個不停，這是典型澎湖人看到海的反應。台中的姊姊很懊惱即便母親回台灣也分身乏術，母親安慰姊姊說：「孝敬公婆比孝敬自己的母親還要有功德。」並且要我們盡量去幫助別人，才有更大的福報。

父親離開已整整四年，這四年包含兩年疫情隔離，把時間空間都打亂了，也搞不清這四年是變長還是變短。痛失親人只有自己才可體驗的段段療傷歷程，再好的心理諮商或宗教洗禮，都必須自我修行癒合。一個美麗花瓶破碎了，要把它修復成原來樣貌是不可能，但如果把碎片玻璃拼繪成五彩的馬賽克新作，那這新藝術品既保有原來花瓶的精神，又延伸出另種完全不一樣的藝術昇華。我想這應該是媽媽的精神，也是她創作的骨架，她說藝術是祈禱，讓藝術轉個方向無畏的翱翔去。而我會秉持她的理念前進，幫助別人實現夢想，比自己實現夢想更有意義。

——寫於加拿大溫哥華

母親送給兒子的詩和畫：《水光之間》（圖 30, p.283）

｛附　錄｝

提著文學和音樂
到歐洲旅行

《井月澎湖》英文版參加法蘭克福國際書展

生命因世界的需要發現財富，

因愛的需要發現價值，我雙手伏地頂禮。

◆ ◆ ◆

　　出版商為擴大機會，爭取跨越國際理所當然，而作者一段段孤獨熬煉，從空無中挖掘歸納，從渾沌中釐清視線，從抒情中淬鍊美學，也期望更多讀者共鳴。2014 年美國出版社告知歷史小說《Penghu Moon in the Well》（井月澎湖），將前往世界最大的國際圖書博覽會德國法蘭克福參展。生命基於需求找到些許價值，順著參展美名，兒子陪老母踏上 17 天歐洲行。從溫哥華起飛遊走德國、捷克、奧地

利和西班牙等四國五市，冒險奔走非英語世界。上帝對自己所創造的每個清晨都是奇蹟雖時有黑暗，而母子旅遊的步步驚魂，除新奇也頻頻出差錯，算來我們和上帝是同路人。

01

我的名字叫
台灣

在法蘭克福書展的感念，
唯有甜蜜的名字才能撫慰疲憊的心，
宛如雲散那清晨的太陽。

◆ ◆ ◆

出發前兒子忙著演奏會，他掌握大方向，要我協助細節，我也忙著詩集出版，幾乎無空間騰出先前需要共同完成的錄音，本來準備提著他的小提琴到莫爾道河畔為老母誦詩的伴奏，後來得知歐洲某些地方不安全而作罷。而旅遊中又掛念續集的情節，我幾乎成了居住美洲、腳踏歐洲、心懷亞洲的複雜老女人。每天行走八公里，暗自竊喜平常儲存的資糧此刻派上用場，然而沒事先作功課，首站法蘭克福書展就觸礁了。

從溫哥華飛八小時到英國轉機，又飛兩小時到德國法蘭克福。住了十幾年北美洲，才約略辨識北美英文腔和英國英文腔的差異，也慢慢區分歐洲人和美洲人的差異。地球人種複雜多樣，老外看亞洲人都

一樣，分不出日本人、韓國人、台灣人或中國人，我看老外也通通歸類為美洲人。北美人穿著隨便，歐洲人穿著講究。德文和英文不同，但字面約略猜得出來，像島的德文 insel，英文是 island；新鮮的德文 frische，英文是 fresh；魚的德文 fisch，英文是 fish。但溝通幾乎鴨子聽雷，幸好某些層次或飯店人員都會英文。

抵達法蘭克福第一感覺是個愛書的民族，街道三不五時出現供人看書借書捐書的玻璃書櫃，甚至用詩文裝飾餐廳廁所。歐洲香菸廉價，戶外都有人吸菸。只是第一天到達尚來不及適應陌生，就被緊張氣氛包圍。得知書展不止超過十個巨大展廳，會場更是人潮擁擠，如未知自己攤位確切位置，那可是一場海底摸針的探險，才驚醒該準備的沒準備，整晚忙著找美國出版社詢問攤位，時差關係一直無法聯繫。之所以有此次參展是出版社表示歉意，因他們常將該書主題台灣誤植中國，即使在自己的國度台灣也一樣。這次萬里迢迢前來查證，因為極度厭惡台灣和中國的糾纏。

美茵河畔的德國法蘭克福書展歷史可追溯到 15 世紀，每年十月舉行。自 1976 年起均挑選一國的文學為重點，2020 年為加拿大，希望將來台灣也會在名單上。我和兒子到達已是展期最後一天，服務人員又無法告知我們攤位的方向，只好自己摸索往美國浩瀚的區間奔走整個上午還是無頭緒，兩年前的多倫多行可沒那麼辛苦。寫作是為什麼，有需要那麼辛苦，為的是要瞧瞧自己孩子被人瞻仰的神采煥發？

「法蘭克福參展是作家的夢想！」兒子看我疲憊的樣子。

母子像極一株無根的浮萍，亂顛於茫茫大海，其實得諾貝爾獎又如何，現在只想回家休息，脫離這煩雜又高雅的人群。

「我再到美國區走一趟，妳在此休息。」兒子知道沒成功，這趟歐洲行老母將無精打采。

生命重要事件兒子都隨侍在側，當年申請移民，加拿大移民官正要拒絕，我能想像愛子的落寞，我極致發揮專注到可以說是拚命，結果成功了。此時當看到兒子在那頭興高采烈猛招手，你可以想像瀕臨死亡那一瞬間見到希望的光環會是怎樣的心情。終於見到那熟悉的身影顯目直立的向我打招呼，手冊文字終於正確了。台灣，我的名字叫台灣，唯有甜蜜的名字才能撫慰疲憊的心，宛如雲散那清晨的太陽。

02

我的偶像歌德，
兒子也受用了

歌德用頑強毅力，

詮釋堅持就是力量。

為什麼太陽會消失，

是為了地球另一邊的裝飾。

◆ ◆ ◆

思想以言語文字飼養自己的成長，除印度詩人泰戈爾（1861～
1941）是我的字典外，還有歐洲四大名著之一的《浮士德》德國重
要作家歌德（1749～1832）。我欣賞他頑強的毅力，他宣言實現快
樂的存在，不在智慧的發展或藝術的修養，而是不自私的為他人獻出
力量。

這次旅遊除音樂會事先訂購，參觀景點幾乎隨興。完成主要任
務之後，首先輕鬆的到法蘭克福歌劇院，欣賞德國後浪漫主義作曲家
Humperdinck（1854～1921）根據德國格林兄弟童話《糖果屋》
改編的配樂歌劇。兒子說委屈一下位置不是很好，再來三場都買最貴

的，他像在侍候王后。

「歌德故居就在法蘭克福，有沒興趣？」兒子問。

眾裡尋他千百度，歌德就在咫尺之間。當年他和貝多芬面對國王駕臨的不同態度，對歌德有些失望，因為歌德馬上起立敬禮。我欣賞貝多芬的說詞：「歷史帝王太多，世界只有我一個貝多芬。」而今踏上歌德故居，終於了解他的家庭背景，父親是皇家顧問，母親是法蘭克福市長女兒，歌德曾在宮廷任職，他是政治身分的作家。

一幢兩層的巴洛克建築，十幾個房間裝飾考究，藏書五千多冊按原樣保留著，曾接待過黑格爾、貝多芬、孟德爾頌。歌德喜愛站著寫作，寫作用的斜平面高桌仍然在故居，我懷疑歌德是否患坐骨神經痛，因我也喜愛站著工作，不過我的書桌可高可低實用多了。歌德說，涉及舒適都與他相違背，他愛坐那張老式木椅，因為舒適豪華使他陷入遲鈍怠惰，不過從他的故居看來是太舒適了。

日爾曼民族從中世紀由德意志帝國構成，但四分五裂直到 1871年才統一。文藝復興時期，德國文學未能像歐洲英、法、義、西等強國精彩，也因長期在政治找不到出路，想從周邊尋找文學榜樣。因之一些作家群主張學習古典主義盛行的法國，到歌德則主張學習英國，因英國有個莎士比亞。

歌德和席勒（1759～1805）是創作夥伴，兩位巨人長達十年親密合作，不僅擴充題材也使雙方創意提升，歌德的《浮士德》就在席勒建議下飛躍提昇。另外音樂家馬勒（1860～1911）以浮士德精神

譜成《千人》交響曲，也就是這首旋律，讓兒子失去老爸之後，了解生命如何擺脫肉身煎熬昇華至另一境界，因為兒子最近曾和 West Coast Symphony 樂團在溫哥華劇院 Orpheum 表演過這首經典。音樂確實是苦難人間的良藥，這些作品更代表人類良知，成為地球主導精神。我的偶像歌德和馬勒，我兒子也受用了，我們都在吸取前人智慧，豐富自己的生命。為什麼太陽會消失，是為了地球另一邊的裝飾。

　　一天趕三個景點，在語言不通的德語國度是一項異常，已走八公里也近黃昏，還是決定搭火車從法蘭克福到 Mainz 尋找萊茵河。憑著地圖想當然耳，萊茵河就在正前方，只是越走越不對，問路也問不出所以然，兒子開始發牢騷德國學生英文那麼爛。他是累了但他更擔心我，小事一樁，這比老母的非洲探險夢還要輕鬆，不用緊張。

　　慘白夜燈下於荒野草地繞走三小時，才發現換公車搭上相反路線，到摸清方向已是暗夜子時。然而沒摸到萊茵河水不甘心，更要尋找華格納筆下那三位守護萊茵黃金少女，所以繼續往前行。為什麼有魔鬼又有上帝，因為讓好奇者有問題問下去，就這樣追問我們成功了。在多彩夜燈下母子忘記疲憊像孩童拚命撥撩河水，像要扮演貝多芬歡樂頌的角色，響徹整個萊茵河。只是午夜才回到飯店，隔天要按照行程有可能嗎？不想住在無能的黑暗夢裡，一躍而起再向陽光前進。

03

面對大屠殺，
音樂是熾烈的火花

為了證明上帝存在，
她所需的唯一證據，此時此刻就是音樂。

◆ ◆ ◆

　　從法蘭克福到柏林搭火車約五小時，預先在網路購頭等艙，比現場買經濟艙便宜，這是旅遊中的小成就。前幾天領受德語民族的冷調，我們在路旁看地圖不會有高傲德國人前來幫忙，幸好在柏林巧遇一對蘇格蘭夫婦，很自然暢聊起來，在冷調國土遇到熱情顯得格外溫暖。

　　蘇格蘭和英格蘭是不同種族，前者豪邁後者優雅。蘇格蘭前些年剛結束獨立公投失敗，台灣曾為蘇格蘭爭取獨立加油。我好奇這對蘇格蘭夫婦的看法，他們竟然不希望獨立，因孩子都住在英格蘭。早年加拿大法語區的魁北克曾要獨立，近年來銷聲匿跡，魁北克人也以身為民主的加拿大人為傲。世界子民都在為自己幸福打拚，可是沒國家的界定，不是更自由舒暢？望著天空飛鳥，人類智慧真的有限，處處

為自己設限。

　　與人類悲劇有關專有名詞「黑暗遺產」或「不舒服遺產」，這對夫婦也要去參觀這不舒服遺產。我們搭車從柏林約兩小時，到達 1936 年所建造占地四百公頃的「薩克森豪森集中營」（Sachsenhausen）見證歷史敬悼無辜。高大焚屍爐附近，是刑場和毒氣室遺跡，以及為省子彈的圓形木頭……仔細省視歷史事件現場，整個思緒很不舒服。歷史不只教科書章節，而是真實存在的事件。夜已深沉，我這東方女子想的是善有善報，惡有惡報，不是不報，是時候未到。

　　二十世紀納粹對數百萬猶太人的殺害，德國人始終背負大屠殺惡名。1970 年德國前總理雙膝跪在死難者紀念碑前，除哀悼認罪，同時認為納粹罪過歸咎德國人是不公平，罪過只能由希特勒發動二戰的戰犯去承擔。2012 年總理再次向受難家屬道歉，由此略知該民族獨持的理性傳統。

　　「未來歐洲歷史誰都不能忽略當時一群人，在此被折磨至死、餓死、毒死、焚死以及處以絞刑的事件。」這段話高掛於焚化刑場大門，是 1944 年參加華沙起義隔年被關在此一年，後來致力於德國、波蘭和解的波蘭小說家 Andrzej Szczypiorski（1924 ～ 2000）所撰述。1961 年德國於原址設立紀念館將不光榮過去如實保存。一個需要進行轉型正義的社會，是個滿載創傷的社會，而台灣政府對 228 到白色恐怖事件的處理，似乎還有更大改善空間。

　　鋼琴家 Alice Herz-Sommer（1903 ～ 2014）因猶太血統導致被關進集中營兩年，2014 年以 110 歲與世長辭，是集中營最後的倖存者。在她的紀錄片《六號女士：音樂拯救了我》得知她靠著音樂，走過人生低谷。音樂是勇氣的運用，精神的境界，生活的態度和心靈的傾向。為了證明上帝存在，她所需的唯一證據，此時此刻就是音樂。

04

見證自己，
在柏林愛樂

白日的負荷，見證歷史的悲劇，
晚間的柏林愛樂，
馴服了粗殘的世界。

◆ ◆ ◆

這次歐洲行參觀德國二個重大歷史現場，一個前幾天參觀的種族大屠殺，一個是分裂國家的重新統一。二十世紀德意志發動兩次大戰，戰敗被盟軍瓜分，為防止納粹死灰復燃，東德由蘇聯控管，西德由美英法控制。1991 年蘇聯瓦解，西德承諾與歐洲和平共處，不發展核武及生化武器，促成了東西德統一。前往柏林圍牆途中，碰到一對東德夫婦，丈夫是德國學者，我好奇問當初是誰將國家分成兩半。

「是當時蘇聯標榜社會主義的共產黨書記赫魯雪夫（1894 ～ 1971）的旨意。」

很高興得到的答案是從當地人親口告知，而非從冷冷的資料得知。記得 1989 年伯恩斯坦於柏林指揮貝多芬第九交響曲，並將席勒

歡樂頌中的「歡樂」（Freude）改為「自由」（Freiheit）。樂團合唱團都來自東西德，其中包括英法美蘇等四國成員，用樂音來慶祝這段歷史的悲情和美麗的結束，應該有深刻的旨意，不知赫魯雪夫地下有知作何感知。

寫普法戰爭，法國失敗割讓給普魯士的（普魯士統一全德國），向祖國法語的告別，有法國作家都德（1840～1897）的《最後一課》，表現法國人遭受異國統治的痛苦。1860年代柏林所有城門陸續拆除，但見證柏林、德國、歐洲乃至世界重要歷史事件的布蘭登堡門，是唯一仍存在的柏林城門。站在這新古典風格建築，感受歷史的塵埃，人類不可避免承受的輕重就在其中，我的眉頭始終糾結，不像觀光客，兒子有意叫老母輕鬆一點。

走在柏林街道，隨時會遇到歷史痕跡。現今柏林市最繁華的商業中心，保留一座被戰火轟炸遍體鱗傷的老教堂。教堂前方矗立著一座鋼鐵雕塑，雕塑名為柏林。分裂與統一，歷史一再上演的劇情，無聲的凝固在靜默雕塑之中。在位者的奪權，受苦的是一群無辜的生民。

但從另一層面看德國，又有另一番風景。滋潤人類心靈的巴哈、貝多芬、舒曼、布拉姆斯、華格納、歌德、席勒、愛因斯坦、馬丁·路德、馬克思、湯瑪斯曼等等及111位諾貝爾獎得主，還有吃素的殺人魔王希特勒、賓士保時捷都是德國人。拿破崙軍隊入侵時，普魯士國王就指出，普魯士的勝利早就在小學講臺決定了。普及全民教育同時，普魯士重視教學與科研並重方針，成就德國詩人們用詩句探尋

民族的未來，德國的音樂家們用音符抒發抗爭的激情，德國的哲學家們用理念激發至高無上的國家崇拜……對這個國家不得不深深的一鞠躬。

「作家可以聯想這麼多，我想的是如何到下個景點？走路？坐公車？坐地鐵？下雨怎麼辦？中午吃什麼？晚上柏林愛樂要幾點到？後天到布拉格車票要確認嗎？看來我比較幸運，我的工作比作家好玩太多了。」對妄想豐盛的老母，兒子總是有話說。

白日的負荷，見證歷史的悲劇，晚間的柏林愛樂，馴服了粗殘的世界，就像彩色的蝴蝶找到了盛開花蕊的空間。因《井月澎湖》才有此次歐洲行，書中女主角就是我具荷蘭血統的母親，有人說也許我會遇到荷蘭親人，也有人說我到處在找母親形影，我發現坐在左前方梳包頭的那位像極了我的母親。柏林愛樂廳，用黃金砌成的宮殿，透過夜晚襯托，象徵柏林愛樂不可動搖的地位。該團每次到台灣演出，門票馬上銷售一空，感謝兒子的安排，聆聽全球頂級樂團的演出。

兒子說他是聽交響樂長大，當年我也不知從那裡取得一幅指揮卡拉揚（1908～1989）的巨大海報，就高掛在家客廳陪伴我們幾十年，半世紀前柏林愛樂首席指揮就是卡拉揚。兒子說就是因為要欣賞柏林愛樂，才有德國柏林三日遊。看兒子雀躍的穿梭整個音樂會場，像遇見久別的親人。天空顏色如此燦爛，影響海水的容顏，而今在柏林愛樂廳，見到他對音樂的痴迷，我是否也在見證自己！

05

在布拉格，
遇見了米蘭昆德拉和卡夫卡

人從來就跟他想像中的自己不一樣，
連自己都看不透，還談什麼看透別人？

◆ ◆ ◆

自柏林搭火車前往布拉格約四小時，進入截然不同的人文地理，從交通工具看出一國的經濟水準。

捷克不在歐元 19 國中，先前使用的歐元已不能使用，才感受到統一貨幣對遊客的便利。

為嘗試不同居住環境，也是 2008 年才有的 Airbnb，在布拉格我們住進了城堡。堡主波蘭人流利的英文叫人輕鬆許多，尚來不及看布拉格之春，捷克是如何抵抗蘇聯入侵所付出的代價，就被一則另類思維的新聞所激盪。電視正報導一位瑞典已婚男子愛上另一男性，妻子發現丈夫的斷背，沒有崩潰反而接納，他們就開始過著幸福生活，子女們也感覺多一個爸爸很酷。我一邊喝捷克啤酒，一邊思索人類的嫉妒心是如何形成的？

兒子來過這座情不自禁想擁抱的城市布拉格，這下他更堅定頤養天年的所在，叫我不用懷疑，就像他西方朋友，愛台灣愛到要到台灣長住一樣的情懷。當年他抱回一本書店老闆親手簽名的米蘭昆德拉《生命中不能承受之輕》，小說背景就是布拉格。書早就讀過電影也觀賞了，踏上布拉格就想到昆德拉，更想印證書中情節，只是堡主說他所描述的布拉格並非完全正確。以寫小說的角度，昆德拉的手法，我心有戚戚焉，他又不是在寫報導文學。

昆德拉早年參加 1968 年「布拉格之春」改革運動，此運動是捷克二戰後重要歷史事件，以樂觀改革開始，卻被蘇聯軍隊鎮壓。昆德拉諷刺共產主義的極權統治，他除講述蘇聯占領下的捷克人生活，並夾雜很多哲學觀念。布拉格被蘇軍占領後，他就被列入黑名單，我對他的死亡概念印象深刻「死亡，是人類基礎經驗，但人始終無法理解和接受，人類不懂做一個會死的人，當死亡來臨，甚至不知自己已死亡。」生命確實充滿荒謬，正如佛陀心所繫的眾生充斥太多的無明。如何找到真心身為人類還得加把勁。我種種思維會引發昆德拉老人家說「人類一思考，上帝就發笑。」因為愈思索真理離人愈遠，人從來就跟他想像中的自己不一樣，連自己都看不透，還談什麼看透別人？

行旅布拉格，除人文地理建築風格，音樂和文學更是行囊滿滿。我們住的城堡樓下正是老城廣場，旁邊聖尼古拉教堂附近住一中產階級猶太人，那就是小說家卡夫卡出生地。老市政廳外牆是著名天文鐘，每天潮湧遊客等待每小時的音樂鐘響，我們隨時都能享受這懷古

的音律，莫爾道河也在前方，這是兒子識途老馬的安排。

卡夫卡（1883～1924）出生的布拉格（之後屬奧匈帝國）大多數說捷克語，但卡夫卡是講德語的猶太家庭。由於標準德語被認為是上流社會語言，所以卡夫卡家人都說標準德語。美國籍猶太人作家以撒辛格（1902～1991）堅持用母語意第緒語創作，和卡夫卡選擇德語為母語，是截然相異的創作型態。

想吸取更多異國精華幾乎忘記休息，走訪莫札特首演《唐·喬望尼》的巴洛克音樂廳後，迫不及待挪步到卡夫卡紀念館。館內兩個斗大文字「台灣」迎面而來有些錯愕，兒子戲稱因為李秀要來。遊走地中海和波羅的海之間的歐陸地帶，發現除當地國家語言外，只有英文和日文，沒有中文即便地球幾億人口的使用，我可是竊喜在心，因為看到了台灣。

卡夫卡創作期正是德國表現主義高潮，短篇小說《變形記》是表現主義典型之作。變形是怪誕呈現手段，一種創造距離和陌生技巧，雖違背事物真實，但不違背內在邏輯。表現主義創作強調主觀內心感受，不僅主角身分和長子必盡義務與作者近似，其他人物與卡夫卡家庭都能相對比。真想告訴他，他的作品有個人的真實性，筆下處處呈現自傳色彩，我的兩部歷史小說也類似情境。

走在卡夫卡生活過的城堡教堂小巷，想必他會回來走動。宇宙存有四度空間，有可能卡夫卡在暗處我在明處。請他讀讀台灣女子的作品，他對台灣應有興趣，否則他的紀念館為何有台灣字樣。至今晨星

出版社還寄版稅給我，表示這部書持續有人閱讀，卡夫卡，讀一下交換心得如何？

06

我的音樂啟蒙，
德弗札克的新世界

大地有青草樹木的幫助，
成了可居住之所，
至善不獨至，與一切俱來，善哉！

◆ ◆ ◆

這塊中歐內陸國 1993 年才成立的捷克共和國度，他們的國歌《何處是我家》，口號是真理必勝，這個到處是城堡的布拉格是怎樣的國家？以旋律來說，我的音樂啟蒙德弗札克（1841 ～ 1904）誕生於此，還是捷克音樂之父史麥塔納（1824 ～ 1884）的學生。興奮之餘，把我拉回少女時光喪母之痛的年代，如沒音樂療傷，瘋人院必會多一個少女。曾在香港獲獎的小說《止於至善》有這麼一段，生命是什麼？德弗札克《新世界》給我很大的啟示：

「第一樂章中庸快板，大提琴、長笛、雙簧管交互中，是新大陸的黎明，這種旋律會幻想雙親從澎湖移居高雄，揮著汗打拚的樣子。第二樂章，由英國管奏出哀怨泣訴的念故鄉，好似失母斷腸時刻，黑

暗世界的來臨，如果脈搏要繼續跳動，得要奮發圖強，我聽到波西米亞活潑奮發的舞步！」

德弗札克於 1893 年以美國黑人靈歌旋律作基礎，由捷克到美國任教時所譜的這首《新世界》，是他最重要創作也是世界珍品。同一時期弦樂四重奏以及幽默鋼琴曲，都是為我療傷的旋律，久存心底連自己都無法探測的深處，如今在他的博物館彈奏他的鋼琴，我悟到某種神奇的威力。那矇矓的年歲，只管悲傷的東方少女，竟然用西方音符來撫慰自己。兒子說：「母親給我最大資產，不是錢財，不是物資，是一種對人文藝術的欣賞和感動力。」站在德弗札克長眠之地，我對兒子說，德弗札克也是他的恩人。

置身陌生又熟習國度，樂府寶盒始終打開著，有幸欣賞到國寶級 Jiří Bělohlávek（1946～2017）指揮這首影響我至深的《新世界交響曲》在捷克愛樂廳迴盪過，而此廳於 1896 年開幕時就是由德弗札克親自指揮。半世紀前被震撼，半世紀後依然如故，由捷克人親自演奏格外叫人心悸。

布拉格每個角落，充塞史麥塔納的《我的祖國》，彷彿他還在呼吸，這首交響詩由六樂章組成代表六個布拉格地方。我們只到達第一樂章《高堡》和第二樂章《莫爾道河》。

高堡（Vyšehrad），是捷克歷史君王加冕之處，也是他長眠之地。史麥塔納譜這首時，應該知道那將也是他安息所在。一開始豎琴帶出捷克傳說中吟遊詩人，引出我們在霧茫中尋找高堡差一點迷路的

氛圍，他當時在霧茫茫途中應也迷路吧。莫爾道河（Vltava）就在高堡旁邊，全曲八段落，從來沒有一首曲子這樣細膩描寫一條河，讓捷克人引以為傲的莫爾道河更富靈性。作品展現 19 世紀末國民樂派，描繪波希米亞鄉間歷史傳說，原來是鄉土才那麼打動人心。

　　兒子說，高堡？聽起來好奇怪，台灣人喜愛把地名冠中文後就忘記原文。10 年前他問司機那裡是莫爾道河，他嘗試數種聲調，搞了半天，莫爾道河捷克文是 Vltava，翻成德文 Moldau 後再翻成中文，完全走調了，所以旅遊務必使用原文。

　　兒子隨身攜帶 CD，每到一處就播放當地音樂，我喜歡坐在莫爾道河畔，配合幾乎是捷克國歌《我的祖國》旋律聽潺潺流水，觀看巴洛克風格查理大橋，橋中 30 座雕塑 1700 年前後就豎立了，足夠品味歷史痕跡。遠眺對岸又是一大片彩色城堡叫人蠢蠢欲動，於是計畫搭纜車上去再步行下來。但這天纜車停駛，憑著毅力上去，卻發現另一音樂宮殿，觀光客很少到的景點。該宮是布拉格唯一私人城堡現為國家美術館，在此發現了貝多芬的祕密。

　　Lobkowicz 家族是音樂家海頓和貝多芬的贊助人，收藏品可追溯到 16 至 20 世紀的瓷器、陶瓷、裝飾藝術、軍事體育步槍、樂器乃至音樂家手稿，期間有貝多芬金錢收據，相互通信的原稿，特別是 1804 年貝多芬的《英雄交響曲》始末。該曲貝多芬原要獻給法國英雄拿破崙，後來拿破崙自行稱帝，他憤怒將譜撕成兩半。這首英雄交響樂短短前六小節不到六秒鐘，勾勒出最強烈的情緒旋律，幸好有這家族收

藏，雄厚飽滿的音符才能不斷響徹人間，此家族值得讚賞。大地有青草樹木的幫助，成了可居住之所，至善不獨至，與一切俱來，善哉。

07

維也納，
荒地上的野玫瑰

音樂是我的認定，但慈悲善心更叫人愛慕，

上帝會對國王生厭，

卻不會厭惡小小的花朵。

◆ ◆ ◆

　　為什麼人會變老？因為那是遊戲的一部分，比那更誘人的遊戲，我是波浪，你是陌生的岸，帶著歡悅向前衝，急著要掀開那陌生的岸，剛坐定往維也納火車不到一分鐘就開了。換句話說，如果在那複雜陌生布拉格龐大火車站，只要老人慣有的遲緩行動超過一分鐘就趕不上行程。兒子說老媽比年輕人厲害，我有老嗎？為何那麼匆促，就是要辦理退稅手續，整整花兩小時排隊等候，最後的布拉格印象是公家機構的辦事效率。

　　母親和兒子旅行有一種情況，一老一少都愛冒險總會出狀況。我累或肚子餓只能以餅乾充飢，搭錯車走冤枉路沒安排周到，他會感到愧疚。從布拉格到維也納車程約 4 小時，為省錢或搭計程車不夠挑

戰，轉好幾次地鐵，拖著行李尋尋覓覓才找到已訂妥的 Airbnb。從熱鬧的城堡布拉格，到細雨冷清的維也納，也許真的累了，無心享受維也納首餐佳餚，兒子自責良久。

隔天睡飽睜開眼，兒子已買妥早餐，並探完路線決定行程了，騎腳踏車是最愛，幾乎用跳躍方式起床。歐洲是自助旅行天堂，租用腳踏車，僅用信用卡登入觸控螢幕，方便又不貴，維也納有完善車道。雖細雨紛飛還是哼著《藍色多瑙河》旋律，一路奔馳探尋。小約翰史特勞斯於 1867 所創的這首象徵維也納生命圓舞曲，已成奧地利第二國歌。冒著雨騎兩個鐘頭，卻發現多瑙河水是灰色非藍色，兒子大叫被騙然後矛頭指向我，作家都很會掰。這怎麼說，此刻我能體會小約翰的心境，涓涓流水是遠古的歌，為什麼心會滴答跳，因為雨會發出淅瀝聲響，將灰色寫成藍色又何妨。

歸途進入市區多瑙河支流，滿地的野玫瑰迎風招展，這是舒伯特（1797～1828）當年在維也納摘自歌德的詩創作的歌曲《野玫瑰》。少年與野玫瑰對話中瀰漫憂傷情緒，詩中男孩就是歌德的化身，前些天才拜訪歌德故居，竟然又在此和歌德相遇。丟下腳踏車興奮的誦唱起來「男孩看見荒地上野玫瑰，急忙跑近看，愈看愈覺歡喜。」於是順手將豔麗紅玫瑰摘下一朵，不管手指被刺滴血，竟然手舞趾動起來，兒子碎碎唸怎麼亂摘花，不要吵，讓我做一下歌德筆下的男孩。

維也納，奧地利首都，東部靠近捷克，如沒音樂牽引，雖有金碧

輝煌建築，維也納人的冷漠也叫人不舒暢。自遠古這音樂之城所以輝煌來自音樂家嘔心泣血，而今這些偉大功臣均安息在有蘇黎世一半大的中央公墓，也是愛好音樂者朝聖之地。然而要在那麼龐大區域尋找既定目標有如大海撈針，途中遇到一對維也納人同樣遊走迷陣，還是我們東方小子厲害，終於踏觸到貝多芬、莫札特、布拉姆斯、約翰史特勞斯、貝多芬的跟隨者舒伯特就在貝多芬旁邊。萬里迢迢而來渴望擁抱偶像音樂家，卻被除草人員大聲叱吼，我受驚的看他，典型的維也納人也。

Café Central 傳統維也納咖啡廳，1876 年就開業了，19 世紀成為維也納知識界聚會場所，如蘇俄共產首腦列寧、德國殺人魔王希特勒、佛洛伊德以及第一次世界大戰的研議均在此享受美食，聽說重要議題都在此定案，果真如此那麼我們在此用餐，一點也無與有榮焉，倒有如坐針氈坐立不安。歷史不斷證實人類的浩劫，就是這些所謂知識人所引起，有如飛鳥把魚高舉在蒼穹，認為那是慈善行為，倒叫人噁心。

隨處可看到佛洛伊德（1856～1939）和莫札特（1756～1791）肖像，表示兩人在歐洲乃至全世界的影響力。尋訪佛洛伊德博物館又被兒子取笑，習慣把名稱冠中文就忘記原文，已看到紅底白字 Freud 招牌在眼前，我還問到了沒。一進大廳就被巨大倒立男裸塑像給驚嚇，該館記錄他自 1891 在此完成著作至 1938 因猶太人身分，被迫離開奧地利流亡倫敦隔年去世，種族歧視真的是人類的大浩

劫！

他的潛意識、自我、本我、超我、夢的解析等等，搞得我心神錯亂，我想簡單過活。他的心理防衛機制更妙，認為男性具弒父娶母的戀母情結，女性具弒母嫁父的戀父情結，某些理論已被否決，但其研究方式確實影響了心理學的發展。接著母子倆又到他常去的餐廳用餐，兒子說超級爛的飯店服務，再次感受維也納人不友善，但不管如何，卻在此看到歐洲最大墓園以及歐洲最大精神分析圖書館。

兒子的習慣每到新國度，必定造訪他們的頂尖音樂廳，於是進入全球最響亮的歌劇院 Wiener Staatsoper 欣賞華格納的《唐懷瑟》。那是一座高大方形羅馬式建築共六層有 2200 座位，每個細節角落都是藝術極品。旋律尚未開始就被金碧輝煌懾住，交響樂的音效和舞台布景掀動，在崇高歡愉的金色，在瞑想柔采的輝耀，明白為何要有上帝，因為有感恩的對象。

華格納（1813～1883）是社會主義或民族主義，歌詞字裡行間充滿矛盾對比。他在政治、宗教思想的複雜性，對猶太人極端歧視，間接影響希特勒思想，成為歐洲音樂史最具爭議的人物。當第二幕唐懷瑟見到愛人，激動得跪下，伊莉莎白也衷心歡迎他歸來，跟著小號響起，騎士進場，主題《愛情的力量》合唱響起，但我想到他對猶太人的歧視，這樣的愛情力量會有多大？音樂是我的認定，但慈悲善心更叫人愛慕，更堅信上帝會對國王生厭，卻不會厭惡小小的花朵。

08

西班牙巴塞隆納和台灣澎湖之間

生命因世界的需要發現財富，
因愛的需要發現價值，
我雙手伏地頂禮圓滿。

◆ ◆ ◆

從人情冷冷的維也納飛四小時到達熱情的西班牙，這最後一站迥異先前方式，我們就住 Daniel 家，兒子說這下有人導引，但他一輕鬆反而對西班牙沒太深印象，倒是我多一個兒子保護。Daniel 是兒子在瑞士讀書的學弟，二十年前他在台灣住半年，成為我家族好友。我不太能接受傳統的繁文褥節，感謝他在女兒婚禮給我的安慰。也許身為母親曾有婚姻的壓力，對愛女嫁到傳統家族很掛慮。我說過不要婚約只要孩子，曾被老公的老妹取笑沒婚姻哪來的孩子，後來證實可以，法國女作家莎崗的小說有如此情節，她自己也身體力行了。

第一餐 Daniel 帶我們到道地的西班牙餐廳，人多到需要站著吃，他怕我不習慣，一直看著我的反應，我不但喜歡且像回到故鄉。被這種氛圍吸引，餐點尚未享用，就像過動孩童穿梭人群。這裡不只

氣候相似台灣，人行橫衝馬路也類似，摩托車會在你面前呼嘯而過，公車不時排出黑煙，還有街道流動攤販，餐廳老闆看這個東方女子如此興奮，又送一大盤海鮮，像極澎湖鄉親。

Daniel 特請三天假，重要職位還是照常電話忙碌，我說真不好意思，他說感謝我們，他好久沒有享受假期了。西方人重視渡假但他是我看到的異類工作狂。我們進入陌生國度，他努力介紹馬德里精華所在，幾乎每天走十幾公里，是被他操練或是我們在操練他？這天他說累死了，我也痠痛走不動，但我有祕密武器，他只是隨便問要不要參觀畫展，我興奮說當然，於是我又沉浸黑人畫家系列作品。黑可以叫人如此驚豔，等我驚嘆完畢才發現他已躺在大廳沙發睡著。有天該躺進棺材突有新奇事物，我是否會再爬起來看個究竟再走？

Daniel 住馬德里，父母則住巴塞隆納，這兩城市是西班牙舉行球賽勝地，我們剛好遇到球賽季節，看他和兒子觀賽亢奮之聲簡直要掀開整個屋頂。比賽結果巴塞隆納輸給馬德里，我以為 Daniel 會很興奮，但他卻異常沮喪。雖然他屬於馬德里，但巴塞隆納是他先祖的源頭所在，我完全了解他的心情。澎湖外垵是我父母出生地，不論我在溫哥華或世界各地，叫我思念之處是台灣澎湖，那個先祖落腳的地方。

到馬德里市中央廣場，迴旋漫步於腓力三世（1598～1621）所建的 Plaza Mayor Square，想到的是這個國家在波旁王朝（1643～1713）實行的特殊婚姻制度，原因是西班牙王室為保持血統純正，

實行近親通婚，導致王室人丁凋零，制度能造就人類有多少的幸福？為保有不受約束的自由，時時用烈火錘鍊，緊緊鎖住自己，然後分辨不出真或假，眾生處處顛倒是非。

幾千年始於伊比利半島史前期的西班牙，經歷第二個全球帝國的崛起衰落、動盪血腥內戰，及至 1986 年加入歐盟。羨慕西班牙是主權獨立國家，我的祖國台灣幾百年來，經歷被殖民、被剝削、被武力恫嚇，主權還在空中飛。其實台灣人不用背負與我們無關的所謂漢人原罪，台灣人是古太陽帝國 PACCAN 子民，有五萬年歷史，是南島民族起源地，為何還跟中國扯不清？

西班牙是世界遺產最多國家之一，但印象深刻是鬥牛，在生死之間勇敢就是文化的西班牙國粹，這和日本武士精神，同樣不怕死的覺悟。死亡是人必修課程，真想看看這是什麼樣的民族對死的坦然。美國作家海明威說：「生活與鬥牛差不多，不是你戰勝牛，就是牛挑死你。」這是西班牙的美麗與哀愁，不過演變至今，鬥牛與動物保護理念有了衝突。

歐洲行告一段落，將此行的主角《井月澎湖》送一本給 Daniel，他愛撫封面頻問什麼是澎湖，我說那是我的家鄉，就像他的家鄉巴塞隆納。畫之無限隱於大地，夜之無限隱於空中，而詩樂之無限兼有大地和天空，因為詩之意義能行走，詩之音樂能飛翔。生命因世界的需要發現財富，因愛的需要發現價值，我雙手伏地頂禮圓滿。

作者李秀和兒子蘇恩聖攝於法蘭克福國際書展。

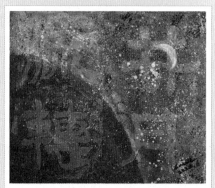

李秀　畫作　複合媒材壓克力畫布，76×66×3 cm，2022

她的詩 ╱ 她的畫

· · ·

人生如同月光投映井泉之中閃動，不斷流轉探索。

人類最初出發之地，才發現那正是回歸終極之所。

圖 1 **同性的提防** Woman Barricades Against Herself
壓克力宣紙，46×56×3cm，2014

在同一屋簷，一個講求實在，一個喜愛炫耀，
婚後會有女人欺侮同輩女人的現象。
也許跋扈成性，造成別人的傷害而不自知，
或是一種對外來同性的提防？

Tagore：Woman barricades against herself.

◆相關章節：第一章第 3 小節

圖2 **流轉的老女人** A Senior Woman Flies
壓克力宣紙，56×46×3 cm，2016

戴著台灣和加拿大胸花，溽熱的台灣和乾寒的加國自然溶為一體，
生命因愛而流動，海洋因浪湧而精彩。

Tagore : My heart has spread its sails to the idle winds for the
shadowy island of anywhere.

◆ 相關章節：第二章第 1 小節

圖 **3** **北美兩國** Two Countries of North America
壓克力宣紙，48×58×3 cm，2014

美國禁止中東公民入境，引燃魁北克射殺穆斯林悲劇。
重要人權關卡，加拿大擁抱多元更是難民擁護者。
美國關閉一扇門，加拿大打開一扇窗。

Tagore : Man is worse than an animal when he is an animal.

◆相關章節：第二章第 3 小節

圖4 **凱旋的勝利** The Triumph of Victory
壓克力宣紙，51×41×3 cm，2013

紅衛兵爪牙下個個無奈的面容，
以及一個隨時用武力恐嚇的唇邊，你會有怎樣的心情。
泰戈爾有詩：人類歷史正耐心期待，
那被侮辱者凱旋勝利的到來。

Tagore：Man's history is waiting in patience for the triumph of the
insulted man.

◆相關章節：第三章第1小節

|圖 5| 弓箭互動是專制的模式
Bows and Arrows are Autocratic Patterns
壓克力宣紙，56×46×3cm，2013 |

弓箭互動是專制的模式，威權對人民說，
就像弓對箭講，你的自由屬於我的。

Tagore : The bow whispers to the arrow before it speeds forth,
　　　　 "Your freedom is mine."

◆ 相關章節：第三章第 2 小節

圖 6

歷史記憶的金果 A Golden Fruit of Historical Memory
壓克力紙本，48×58×3 cm，2014

11 月加拿大國殤日，人人胸前一朵罌粟花，
2 月台灣人胸前也該有一朵百合花，
因為台灣 228 事件不該被遺忘，讓歷史成一粒深鎖記憶的金果。

Tagore：My flower of the day dropped its petals forgotten.
In the evening it ripens into a golden fruit of memory.

◆ 相關章節：第三章第 2 小節

| 圖 **7** | **為何我用台文和英文創作**（台文）
Why I write in Taiwanese and English
壓克力紙本，35×25×2 cm，2014 |

用母語台文創作，會當位心肝窟仔揣著故鄉的親切；
用英文書寫，予世界較濟族群了解故鄉。
作者上重要是探測根源，母語創作是走揣根的路線，
我會創作上國際化的鄉土。

Louise : Writers desperately need an address where their roots are.

　　　　　Writing in our mother tongue takes us back to our roots.

　　　　　I will write the most cosmopolitan vernacular works.

◆ 相關章節：第四章第 3 小節

light in the with thy love to meet Come out, my heart 請帶汝的愛作伙來迎接 出來吧，我的心

圖 8	**把我當作你的杯** Make Me Your Cup

壓克力宣紙，52×42×2 cm，2013

這是義工精神。
前年秋冬兒子陪老爸在醫院度過驚險，去年初春他投入醫院義工。
他希望更多人撥時間為社會做出不同的付出，當別人需要的杯。

Tagore : Make me thy cup and let my fullness be for thee and for thine.

滾動的親情珍珠 The Rolling Pearl of Family Love
壓克力宣紙，47×57×2cm，2013

將生命之水賜給兒女，兒女把生命之光獻給父母。
水光孺慕之間，關照的眼眸易位了，滾動的親情珍珠代代相傳。

Tagore : When the sun goes down to the West,
        the East of his morning stands before him in silence.

◆相關章節：第五章第1小節

<table>
<tr><td>圖 10</td><td>**語言是永久的疑問** The Language of Eternal Questions
壓克力宣紙，55×45×2 cm，2016</td></tr>
</table>

諾貝爾文學獎翻譯家謝默斯，表示他讀英譯詩有困難，
因為原作祕密力量常喪失在被譯成的語言之中。
隔海的另種語言，是無法完整翻譯，語言是永久的疑問。

Tagore : What language is yours, O sea?
　　　　The language of mine is eternal question.

◆相關章節：第五章第 1 小節

圖 **11**　**一個女子的婚姻畫像** The Marriage Portrait of a Woman
壓克力紙本，56×46×3 cm，2013

苦笑重疊的臉，交錯一隻蝴蝶，
象徵著要她接受痛，回報以歌唱。

Tagore：The world has kissed my soul with its pain, asking for its
　　　　return in songs.

◆相關章節：第七章第 1 小節

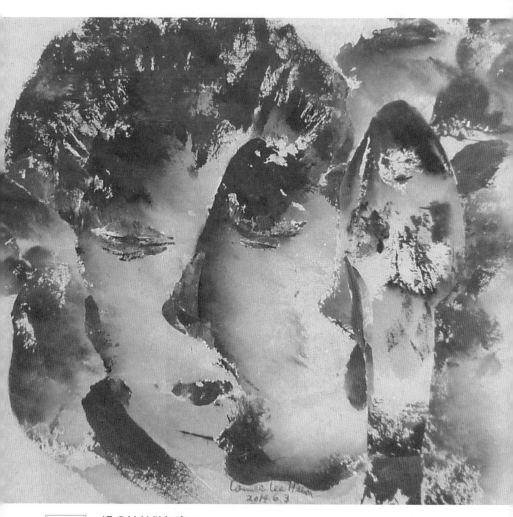

過分忙於做好事 Too Busy Doing Good Things
壓克力宣紙，41×51×2 cm，2014

世間過分忙於做好事的人，
反抽不出時間去做好事。

Tagore : He who is too busy doing good finds no time to be good.

◆相關章節：第七章第 1 小節

圖 13 女人淚珠下的眾生
Woman Under the Tears of All Living Beings
壓克力紙本，56×46×3 cm，2014

1945 年前台灣人渡海到石垣島，
一等國民日本人，二等國民琉球人，三等國民台灣人。
石垣島三等國民台灣阿婆，年輕時和早逝丈夫共抵異族，
年老時幫兒女創業，以深刻淚水包容眾生。

Tagore : Woman, thou hast encircled the world's heart
　　　　with the depth of thy tears as the sea has the earth.

◆ 相關章節：第九章第 2 小節

圖14 **凡走過必留足跡** Walk the Past and See the Footprints
壓克力紙本，58×48×3 cm，2016

日據時期，
台灣人移居日本琉球八重山，從台灣帶鳳梨水牛到異鄉開墾。
台灣、日本、鳳梨、水牛，如此一線牽，
畫中以鼻子為鳳梨，胸前有水牛，鬢邊是台灣，額頭為日本。

Tagore : O troupe of little vagrants of the world, leave your
footprints in my words.

◆相關章節：第九章第2小節

圖 15

世間戲碼 The Family Game
壓克力宣紙，46×56×3 cm，2014

伯父是澎湖西嶼外垵富翁李子天，
他的子孫為遺產糾紛到第四代還在烏雲之天。
這世間本是同根生相煎何太急的戲碼不斷重演。

Tagore : This life is the crossing of a sea, where we meet in the same
narrow ship.
In death we reach the shore and go to our different worlds.

◆ 相關章節：第九章第 2 小節

圖 **16**

正面能量 Positive Energy
壓克力宣紙，46×56×3 cm，2014

被騙了感恩有人增進智慧，被遺棄了感謝有人教會自立，
被中傷了感激有人磨練心志，因此生命即使游離在黑暗也欣喜。

Tagore：My life is glad to be floating with all things into the blue of space,
　　　　into the dark of time.

| 圖 **17** | **母親，讓我在您臂彎裡作夢** Mother, Let me Dream in Your Arms
壓克力宣紙，44×54×3cm，2014 |

喪宅亂成一團母親入殮，打桶期間，
我像幼兒認三瓣梅花棺木為母體撫擁不放。
請不要阻止，躺在母親臂彎是每位孩兒心碎最安適的聖地。

Tagore : The day of work is done. Hide my face in your arms.
　　　　Mother, Let me dream.

◆相關章節：第十章第 3 小節

圖18 天地不仁 The World is not Benevolent
壓克力宣紙，58×47×3cm，2014

母親出殯雷雨交加，
是天地憤怒一個不孝女，禁止抬棺人進行工作，
或要她觀看那搖晃樹株，
被風雨撕殺不得安寧的自然現象？

Tagore : This rainy evening the wind is restless.
　　　　I look at the swaying branches
　　　　and ponder over the sadness of all things.

◆相關章節：第十章第3小節

圖 **19**　困頓之火 The Fire of Hardship
壓克力宣紙，56×46×3 cm，2014

那年已超過母親過世年齡，
自認有資格質問，用掃墓棍敲母親的宅院。
歸途車子竟然開向懸崖尋不著出路，
是母親敲著門要警告我什麼？

Tagore : That which oppresses me, is it my soul trying to come
　　　　out in the open, or the soul of the world knocking at my
　　　　heart for its entrance?

◆相關章節：第十章第 3 小節

我不敢不努力 Music Inspires Me to be Diligent
壓克力宣紙，44×54×3 cm，2014

滿幅音符，描述當年母親突然過世，
一顆思慕的心在滴血，無助的父親用音樂，
才叫失魂女兒拉回現實，唯有優美音樂才能馴服粗暴世界。
現每掀起琴蓋，父親即刻融入旋律，我不敢不努力。

Tagore : This world is the world of wild storms kept tame with the
music of beauty.

◆ 相關章節：第十章第 3 小節

<table>
<tr><td>圖 21</td><td>**青苔纏繞老樹** Moss Around the Old Tree
壓克力紙本，38×48×3 cm，2013</td></tr>
</table>

冒著風雨騎腳踏車送雨衣給父親，
但沒收到預期誇獎反被推進計程車，
從車窗回望老爸拖著兩台車，頂著強風前進，
淚水奪眶而出，我是在行孝道或是麻煩製造者？

Tagore : The touch of the nameless days clings to my heart like
mosses round the old tree.

◆ 相關章節：第十章第 3 小節

圖 22

童年祈禱 Childhood Prayer
壓克力宣紙，54×44×3 cm，2014

天不怕、地不怕、就是怕鬼，而父親經常午夜才下班。
童年夜晚之路，不時靜聽記憶的足聲。
一顆小心靈不斷被大蝴蝶撞擊，直到熟悉腳踏車聲進門才安心睡著。

Tagore : I am like the road in the night listening to the footfalls of its
memories in silence.

◆相關章節：第十章第 3 小節

圖 **23**

我愛汝 I love Thee
壓克力宣紙，56×46×3 cm，2013

胸前外垵和母親、左肩三仙塔、
帽沿一朵天人菊、帽頂一座澎湖溫文山丘，
處處呈現《外垵，我的母親》，再配合泰戈爾詩文，
我的心在世界岸邊跳動著波浪，並在淚眼中寫下《我愛汝》。

Tagore : My heart beats her waves at the shore of the world and writes upon it her
signature in tears with the words, I love thee.

◆相關章節：第十章第 3 小節

| 圖 24 |

綠樹正在祈禱 The Tree is Praying
壓克力宣紙，59×49×2 cm，2014

地球每年都有顏色，2017 年是綠色代表自然和希望。
加拿大維護綠色叫人幸福，台灣拚經濟可以和綠色對立。
大地每一傷口，都有貪婪者吸血的嘴瞼。
請放下刀把，綠樹正在祈禱！

Tagore : Be still, my heart, these great trees are prayers.

◆ 相關章節：第十章第 3 小節

圖 25	井月澎湖精神 The Spirit of the Penghu Moon in the Well
	壓克力宣紙，43×53×3 cm，2014

讓往者留有永久名氏，
讓生者擁有不滅的愛。

Tagore : Let the dead have the immortality of fame,
　　　　　but the living the immortality of love.

◆相關章節：第十章第 3 小節

圖26	**想念的心** My Parents are Deeply in my Heart
	壓克力宣紙，58×48×2 cm，2014

常在夢中尋找雙親體溫，想念像風抓不著也追不上，
慈顏之音始終如海水般清晰繚繞。

Tagore : Your voice, my friend, wanders in my heart,
　　　　 like the muffled sound of the sea among these listening pines.

◆相關章節：第十章第4小節

|圖 27| **不可能點亮的可能燈光**
It is Impossible to Light up the Possible Light
壓克力紙本，44 × 33 cm，2014

明知雙親在那遙遠的西方，卻刻意踏上他們曾走過的地方，
期盼那不可能點亮的可能燈光，點亮那刻骨思念的窗櫺。

Tagore：I hear some rustle of things behind my sadness of
heart. I cannot see them.

◆相關章節：第十章第 4 小節

圖 28

母親的畫像 Mother's Portrait
壓克力宣紙，58×47×3cm，2016

裙襬下被兒女圍繞，母親永遠是孩子避風港。
日本古琉球墓，像極母親子宮，
人往生後又回到母體安息。靜夜像母親的心，喧晝如孩子的美。

Tagore : The silent night like the heart of mother and the clamorous
　　　　day of the child.

◆相關章節：第十章第 4 小節

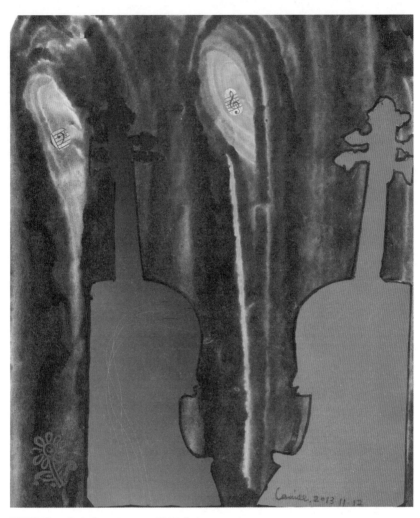

圖 29 | **生命像天平 ── 送予女兒**（台文）
Life likes a Balance ── for my daughter
壓克力紙本，35×25×2cm，2013

生命親像天平，汝想愛啥，准汝伸手去提，但必須付出相當的代價。
這首台文詩由黃友棣教授譜曲，
女兒婚禮在母親的琴聲帶領合唱團唱出滿滿的祝福。

Louise : Life likes a balance. What do you want? Reach for it.
　　　　But, you must pay a high price.

◆母親送給女兒倩瑩的詩和畫

圖 **30**　水光之間──送予後生（台文）
Between the Water and Light ── for my son
壓克力宣紙，46×56×3cm，2013

阮將生命的水賜予汝，汝將生命的光獻予阮，
水光之間滴滿清芳的親情。

Louise : We give you the water of life. You give us the light of life.
　　　Water and light are fragrances of our love.

──────
● 母親送給兒子恩聖的詩和畫

國家圖書館出版品預行編目資料

井月流轉／李秀著；李秀繪圖. －－初版. －－臺
中市：晨星，2022.10
面；公分. －－（晨星文學館；062）

ISBN　978-626-320-265-8（平裝）

863.57　　　　　　　　　　　　　　111015548

晨星文學館 062

井月流轉

作者	李　秀
繪圖	李　秀
主編	徐惠雅
校對	李　秀、徐惠雅、林珍里、陳建合
內頁設計	林姿秀
封面設計	初雨有限公司

創辦人	陳銘民
發行所	晨星出版有限公司
	407 臺中市西屯區工業 30 路 1 號 1 樓
	TEL：04-23595820　FAX：04-23550581
	E-mail：service-taipei@morningstar.com.tw
	http://star.morningstar.com.tw
	行政院新聞局局版臺業字第 2500 號
法律顧問	陳思成律師
初版	西元 2022 年 10 月 30 日

讀者服務專線	TEL：02-23672044／04-23595819#230
	FAX：02-23635741／04-23595493
	service@morningstar.com.tw
網路書店	http://www.morningstar.com.tw
郵政劃撥	15060393（知己圖書股份有限公司）

印刷	上好印刷股份有限公司

定價 420 元（加幣 25 元）
ISBN978-626-320-265-8

Published by Morning Star Publishing Inc.
Printed in Taiwan

線上回函